蜉蝣如是說

—阮囊詩文集—

向明 編

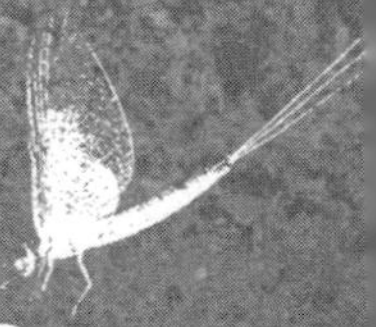

〈序〉藍星光燦中的奇葩——被遺忘的詩人阮囊

向明

「阮囊羞澀」是一個成語，是說晉朝時有一個名叫阮孚的人性喜自由不拘，時常背著一隻黑色的袋子到會稽街上走動，有人問他袋子裡裝的什麼，他說「俱無物，但一錢看囊，庶免羞澀爾。」意思是袋子本空空，但放有一枚銅錢看守袋子，免得太難為情。比喻一個人經濟窘迫，常用此四字形容。我今天要說的並非是成語中晉人阮孚的那個「阮囊」，而是一個在上世紀五十至六十年代，在台灣詩壇曾經叱吒風雲過一段時間的「藍星詩人」，本名阮慶濂的「阮囊」。他取這麼個筆名，倒並非他真的窮到靠一枚銅錢壓袋的那麼窘迫，在我們那個克難年代，窮到一文不名是通病。他的「阮囊羞澀」是他自謙他的才學欠缺，技不如人的「羞澀」。而在我們年輕的那個時候，都是失學來台的青年，才學差，無一技之長，也都多半如此，只有慶濂兄敢於這麼「汙名」自己，這是我們一直敬佩的原因。

阮囊於民國四十六年的詩人節，與瘂弦、向明、王祿松、戰鴻、路平（即羅行）等五人獲得第二屆青年詩人新詩創作獎。阮囊的作品為〈最後一班車〉。這首廿四行，句式有時長達卅三個字，氣勢雄偉，豪氣干雲的新詩，被一向拘謹保守的評委覃子豪先生認為表現了他「遊俠式的流浪」，〈最後一班車〉可以說是這類生活單調，平凡，想像卻多彩多姿的青年生存思想的心聲。

那年代（五十至六十）正是現代主義「橫的移植」方興未艾，伴隨著存在主義，虛無思想澈底流行的當口，幾乎百分之九十以上的青年詩人都在趕那股新的潮流，阮囊卻投入了以抒情為主的藍星詩陣容，和當時以近惡魔詩派手法寫詩的吳望堯，同為那時的藍星光燦投入了異彩，不能不說他是一個特有主見的異數。民國四十六年九月他在《今日新詩》第八、九兩期的合刊上，寫下了〈給夜郎〉這首短詩：

有一片小竹林你便驕傲了
在家裡我是七里蘋果園的主人
摘下你眩耀的燈吧！

別笑彎了星星的腰
沙後有日，日後有山，山後有天……
肯定的大在哪裡？

「夜郎」是在漢代時的一個非常非常小的國家，漢的任何一個小縣分都比夜郎大，但是它的國君卻一直宣揚他的國家很大很大，根本無視實際情況，一味自我陶醉，這就是「夜郎自大」這個成語的由來。阮囊這個時候寫這樣一首帶諷刺意味的小詩，當然是意有所指，詩壇已被現代主義、存在主義和虛無思想攪得唯我獨尊，事實上不過是在藉口逃避惡劣的現實，像阮囊這種敢於對現實帶諷喻的詩還是少有的。

但別以為阮囊的詩不夠現代，或不懂現代主義是新詩必經的受洗過程，如果說所謂現代必定是「橫的移植，強調知性」，或者說詩中必有異國情調，自潛意識取材才算創新，那麼阮囊的詩在這方面的發展，早就實驗過，而且只摘取其精華，揚棄其糟粕，同樣在追求詩的改革精進，阮囊卻沒有陷入當時現代帶來的晦澀難解的弊病。我們光看他在當時發表的詩的題目，便會令人耳目一新，像〈龍泉劍〉，〈三稜鏡〉、〈黑皮書〉、〈潛力〉、〈紅磨坊〉、〈飲冰室〉、〈上唇章〉、〈蛻變〉、〈棋譜〉、〈流蘇〉、〈後窗〉、〈血鬧〉、〈彌撒〉、〈涅槃〉、〈杜倫很憂鬱〉等所發表的七十七首詩，幾乎沒有一首是當時那些現代風味的詩所能比擬，而且大都發表在當時水準最高的《文學雜誌》、《現代文學》、《文星：地平線詩選》、《藍星詩頁》等刊物上。而〈龍泉劍〉、〈涅槃〉和〈棋譜〉已於一九六〇年由余光中翻譯成英文，收在《*NEW CHINESE POETRY*》（英文中國詩選），介紹至外國詩壇。

然在台灣出版的各種文學選集中，除了一九七二年出版的《中國現代文學大系》新詩類收錄了他的〈血鬧〉、〈扇面〉、〈霹靂大地〉、〈血芒札記〉、〈稻穗〉、〈木屋〉、〈潛力〉、〈蛻變〉、〈第六面〉、〈半流質的太陽〉等十首詩以外，一九七三年四月台灣正中書局出版的《六十年詩歌選》選有他的〈潛力〉、〈扇面〉、〈八荒〉、〈半流質的太陽〉、〈稻穗〉、〈木屋〉，一九八六年藍星詩社在九歌出版社支持下，出版《星空無限藍》藍星同仁詩選，阮囊入選了十首詩，分別是〈最後一班車〉、〈秒擊〉、〈蜉蝣如是說〉、〈酒典〉、〈秋神〉、

〈老兵不死〉、〈迷你盆景〉、〈壽讌拾遺〉、〈至情〉、〈生涯〉。至此以後出版的各種選集雖然也有選，但多重複早年以前選過的作品，其實他在一九八四年《藍星詩刊》九歌版創刊至一九九九年淡江版《藍星詩學》，又曾發表廿四首新作，但各種詩選包括多年的年度詩選，便沒再出現過阮囊的名字。

這當然與他生活的蛻變所帶來的各種壓力有關，他自軍中退役轉業到警界，便因欲走出自己的路而慢慢與詩脫勾，加之他本個性淡泊，在軍中時即與外界隔絕，從不露面，雖為「藍星」詩社同仁，卻從未與同仁碰過面，我倆算是最投契，但也只是在《藍星詩頁》上互相贈詩，他贈我〈葉子戲〉，我回他〈今天的故事〉，或函件往返。他於一九六一年冬即寓居在台灣後山台東的「鯉魚山」山麓，由警界而改業律師事務所，從此更無暇顧及到詩，據我主編九歌版《藍星詩刊》的記載（自一九八四至一九九二年），阮囊在《藍星詩刊》第五期（一九八五年十月）發表〈至情〉和〈生涯〉兩詩以後，便絕少有詩發表了，此兩短詩足可代表在彼時的心境，尤以〈生涯〉的「走過的路／已成齏粉／況再走是荒煙／是斷層　也／真的老了／累了」。直至一九九九年藍星又在淡江大學中文系合作下，再度出刊《藍星詩學》，阮囊在老同仁的力促下再度執筆寫詩，在出刊廿六期的《藍星詩學》中，他寫了廿期，共計廿二首詩，唯詩風已更形凝練，老辣，內涵也多感慨。

他的好友，同時都隱居在後山的詩人書法家楊雨河，算是他在文壇這個圈子裡唯一能讓人獲知一點他消息的傳訊者。楊雨河對他早年（二十啷噹歲）寫過的一首短詩〈正覺〉，認為阮囊思想的領空博浩高雅，感動得他服膺終生。見如下六句：

螞蟻試牠的腿力，地球動了
蜜蜂構建了創世紀的建築
螢火蟲吞下了太陽的靈魂
我在菩提樹下完成了我的正覺
他們說我是一位哲人
我說我是一個宇宙

「正覺」乃指佛教修行上的最高覺悟，最高的感受境界。這首詩前三個隱喻所暗示的是一切萬有本心所具的無限潛力，只要吾心信其可行，雖撼動地球，創建偉構，吞食火球亦不難達至。他個人則早已在暗自修煉，完成自己了。楊雨河讚他宛如明心見性的得道高僧在道場上弘道開示，有金聲玉振的功力。確實，一生低調行事的阮囊早已在精神修為上達到一定高度，世間的一切名利早已棄之如敝屣，他曾有一段言志歷世的自我表白，他說：「大陸國憲陸沉，隨軍輾轉舟山．金門、台灣等地，解甲為民，樂嘗鄙事之能，不求親朋友好之力，無戚戚汲汲貧富之心，走出自己的路，絕不假名以求榮。怨天者無志，尤人者無德，自詡者賤，吾不為也。」

至於他對詩文字的這麼精進，且含金量與時間性早已蓋過和他同年齡層的許多詩人。我想這與大家共同遭受過的時代際遇有關，一九四九的那次家國危亡，正是我們這批小伙子應該在學堂求得充足學識的年齡（大多是一九二八年上下出生），但戰火把他們趕來台灣，只能隨軍本島外島四處調動，哪有上學校求學的可能。但當時我們（屬龍，民國十七年生）除了物質條件的貧窮匱乏，最飢渴的還是求知慾。除了沒資格上學校求知．最苦悶的是所有的知識性書籍都遭禁，尤其文學哲學性的書，凡作者身陷大陸者，一律不准看，違者很可能突然會失蹤。他的文學修養會那麼高深，可以說是千辛萬苦，當找到了中外禁書而又唯恐被人發現，是在午夜熄燈後，躲在蚊帳被子裡面，用手電筒照明而抄寫讀來的。從他的詩裡可以看出，他和楊喚、瘂弦我們一樣，當時都對法國詩人紀德那種「存在於有計劃的反對」中的生存思維非常有興趣。所以他在致我的詩〈葉子戲〉中有一段說：「你說過，屬於我們的彼方是虛無，是零，是零之單純／我說過，龐然的地殼正在三度空間裡發酵／我們也是動物，我們也要打磨昨天的銹」。這和楊喚在〈詩的噴泉〉所寫的「如果麥子不死哪裡去收割地糧」，一樣的置之死地而後生的不屈。

但他一生自始至終從未出版過一本詩集，年紀較輕的藍星同仁、台大中文系教授張健和我，好幾次曾主動為他收集散失各處的詩，建議為他出本詩集，他都斬釘截鐵的馬上拒絕了，他認為他那些作品不值得印成書來誤人。使我等感到自己相形見絀太多了。現今他已過世近四年了，像這麼一位不求聞達名利但求真知的詩學偉岸者，如果一生都沒留下一本他的作品集在世間供人欣賞學習尊仰，那不但是台灣詩壇一大憾事，更是整個詩史的一大缺角，故而我等在徵得他女公子阮詠芳的默許首肯下，竭盡全力搜集齊他所有在台灣各報刊所發表的作品，並獲得他定居半世紀的台東市公所、台東大學、縣議員林參天的贊助，終於出版了這本大家久盼的阮囊詩集，這真是一大功德，也足堪告慰我們敬仰的阮囊詩人大兄！

〈序〉詩不朽

阮詠芳

家父生前是數度婉拒各種出專集的邀約的，實是自認為才學阮囊羞澀，毋需大費周章集結成冊。卻在老家內整理出一櫃詩刊書田，慷慨作為給女兒的遺產，在思念的時候，每本詩刊都有父親的詩，躍然而出，傳遞最深情的撫慰。

身為這筆最豐厚遺產的繼承人，又如何斗膽同意出專集呢？從法律人最不浪漫的法律觀點出發，父親與我討論過著作權，我們願意一律以「無償非專屬授權」同意任何人使用，提早讓詩作成為「類公共財」，而此植基於我們浪漫又隨緣的心意，但願詩，超越時間與空間的限制、跨越傲慢與偏見的藩籬，在每一個契合的機緣下，與剛好觸動的心產生共鳴。

這些年來，家父與我共同面對成住壞空、生老病死，只能臣服。而我們何其有幸，還有詩，詩的生命長存不朽。所以，搭上〈最後一班車〉，家父永遠是乘著彗星傲視聚散的遊俠；在〈迷你盆景〉裡，我也永遠是後記中那個隨口一句話便讓爸爸寫出一首詩，公然放閃的九歲女兒！或許，在任何可能的剎那間，也與任何人交流出新生命，生動鮮明！

謝謝向明前輩，謝謝《文訊》，耗費心力蒐集整理家父作品，有我所熟悉的，也有我所不知的，讓我透過詩，更完整了解父親角色以外的阮囊。家父生前透過詩作，可以擺脫臭皮囊，詩魂奔放自在；辭世後詩魂不滅，長存詩中。誠願在每次偶然翻開詩集的邂逅中，與每一個獨一無二的靈魂心領神會，一見如故！

目次

輯二　論述

附錄

輯一　新詩

騎士夢

十五年飲炎涼嘗風霜寶刀白馬的夢失落了，
我呵！放逐的騎士，
永夜探索，
馬上點不住尋夢的燈的。
北斗星冷爍爍地刺痛矛與盾的回憶，
海也憂鬱呀！
沙島上不駐留黛綠的歲月。

原刊於《藍星週刊》第一〇七期，一九五六年七月六日

我是黃河的兒子

九年前飲馬長城外，
挺戰自由與奴隸的邊沿，
塞上的大風雪捲不息熱愛祖國的真情之火；
封凍的夜裡點亮滿天燦爛的星斗，
閃耀著民族的驕傲；
不被征服的歷史。
一次勝利，一次壯飲；
飛揚著英雄的歌，
歌——
古騎士的俠義，
英雄的歌永不凋落的，
我是黃河的兒子，

生而為迎戰風暴，與天同在，
卻慄於這冬天該去了又一個更長更遠的冬天，

人心裡飄著雪花的世紀呵！
秦淮河的燈火依舊，
大江千古盡流恨；沒有這一次的恨長，
方舟不能引渡今世的災難，
祖國哭泣了，
一天不死，一天忘情不了我是活在祖國的淚裡。
我不是托鉢四海的苦行陀，
將有比他們更苦的心志，
海上有長明的恆星。

原刊於《藍星週刊》第一〇八期，一九五六年七月十三日

河上

雨後的河醒了，
河上有歸帆兜滿晚鷗，
彩霞殞落河底
　謝了靈的蝶衣
　古了的夢，
我如飲霞的醉者，
惑於這霧樣的感受，
愛河的人也愛夢的。
我從這條河上來，
過久的歲月沖淡回程的記憶，
往後的日子怕隨流水更遠。
橋上

散工的人群走向燈火，
他們是有家的人。

原刊於《藍星週刊》第一〇九期，一九五六年七月二十日

禁果

葡萄酒勾起玫瑰色的記憶，
火辣辣地衝動是美麗的魔，
誘惑說起話來能嚇死人；
　去吧！
到第一個摘禁果給你吃的女人那裡，
今夜繁星如銀，
攀窗的藤蘿比你記憶裡的更綠，
窗、為你開著；
　小院裡的霧正濃。
我如偷糖吃的夜鶯，
焦急的飛向窗；
投進她死沙漠的夢裡，

她惑於這突現的緣原：
　小慈悲的、是夢是真？
帳、深垂著。
雲雀咒怨黎明。
她咒怨雲雀：
　你該去了，
　以後別再來；
　這裡是煉獄的重門。
窗外、早玫瑰放香，
她赤著足追到窗前：
　還是帶去這些葡萄酒吧！
　煉獄的火青春的火一樣的燃燒。
我掐朵玫瑰插進她霧樣的髮裡，
露珠從玫瑰上滾落，
落上我曾吻過的秀肩，

她寒噤了一下；
還是別再來吧！
但無意索回既贈我的葡萄酒。
早禱鐘伴著早潮，
夾竹桃豔如霞；
在晨風裡微笑。

原刊於《藍星週刊》第一一〇期，一九五六年七月三十日

星夜

星夜裡我的思想最燦麗
群星穆肅地綴成我的名
我的名是它們的王
露珠是它們的姊妹
那是受了我的命夜夜把美麗分散給玫瑰
漁火是我的愛子
我遣使它守護最艱苦的人們
海上的夜乃得安穩
遠古的夜鶯也是星星的
一次；攀摘天國裡的禁果失足殞落
跌碎了晶瑩的冠；
拾起憂傷的短笛

碎了的冠終歸是碎了
良夜的歌手呵！
孤獨的旅人有了妳不再寂寞
我一向不贊成它們在銀河裡裸浴的
而放形的女孩子卻比男孩子更難管
直到東山紅臉的少年出來窺視
她們才羞赧地躲進雲雀的喉嚨裡

原刊於《藍星週刊》第一一三期，一九五六年八月十七日

我不是畫裡人

收攏困傘；輕推攀滿紫蘿的矮扉
小院裡的柳葉桃盛開
路上的雨原是潑辣地大點大點的；
在今和小院結成姊妹學做細巧的女紅
燕子蹺偎巢門守待雲散
竹簾裡的女主人憑几假寢；腳邊睡著一隻貓
水晶缽裡的金魚隱身海藻裡
古瓶裡的玫瑰香正濃
我本是來造訪友情的
回到煙雨裡去吧！
我不是畫裡人

原刊於《藍星週刊》第一一五期，一九五六年八月三十一日

守望

蝙蝠馱來鬱鬱黃昏
水外落霞藍樹紫山
鎖岸的草深了
懷故國我有波樣地呼喚
昏月抛西天飄吻；夜了
戰旗掩不住村火闌珊
堡上，遙想當年黃河灘上的風雲；
揚塵蹤馬的歲月呵！
森古的滄海變桑田
我有不死的信念

原刊於《藍星週刊》第一一六期，一九五六年九月七日

今夕何夕

昨夕銀夕，
紈扇化彩蝶凌風逝去，
禁不得夜闌露重；
旅人的夢冷了。
疏雨叩階帶來母親的腳步，
頻撩帳的是風？是妻？
我不慣用眼淚洗滌歲月的，
今夜枕上涼濕。

原刊於《藍星週刊》第一一七期，一九五六年九月十四日

獻給老友聲

楊梅鎮的風雨在你我的記憶裡永遠是交織著短聚的溫馨和暫別的哀愁的
風雨裡的車站籠罩著季節的憂傷；更憂傷的是你我一窗之隔的眼神
我該有多恨撲打車窗的雨水；重鎖你離我時的身影，迷幻、模糊
雖然我已盡本能的睜大我眼了
而風雨是慣於欺凌扯飄旗的人的，鞭馳龍長的列車輾斷你我依戀的心索
你去了，我離亂地思潮冷結在你側身沉重地揮手的剎那，我抬起手該揩我
眼上的雨？還是淚？
歸程，我低著頭默數舖路的石條；溯記你我相識的年代，一滴眼淚紀念一
次你我共同迎戰過的風暴
楊梅鎮的簷廊不是你走後才潮濕的呵！

原刊於《藍星週刊》第一二〇期，一九五六年十月五日

押給海的水手

千百回輸給酒，孤射生命如此豪華地流失
爽於擲注的，流失的夢也豪華
畫的港，多彩的蠱惑
尋狂夢博於琥珀的夜
亡命的慷慨，揮千鋪金撒夜的荒誕
銀匕首割斷跳動著的肱肌
火噴紅晶晶的血珠，綴飾舞娃風旋地褶裙，爆裂潮樣地笑，朗長地是今夜
的王子
而手捏紅心「A」的大賭徒終跳不出黑桃「A」的砦壘
明天，再一次把命運抵押給蒼茫地大海

原刊於《藍星週刊》第一二二期，一九五六年十月十九日

櫻桃

「這裡已齊備客人的需要
每一位來訪的客人都知道怎樣照拂自己
都可以獨自在這小屋裡尋得自己」
主人交代過這種奇特的待客方式躬身離去。

蕉蔭送神秘來，
半蒙起小屋的眼睛
我波盪在搖椅裡逐讀前客們的箋語：
「我是壁懸的沉思的浮雕像
失去沉思，也失去了自己。」
那座停擺的老鐘該是我的名字
別人都說我犯著嚴重的慕古癖

生活裡回憶多過嚮往
我是小屋的窗帘
屋外的人永遠豔羨我有著陽光的歡笑
卻觸視不到我靈魂深處的隱憂
我風裡來雨裡去；我把我自己帶走了
那是前屬於主人後屬於我的；付與人卻不重視於人的煙蒂
我是窗外探頭進來的藤蘿
不太了解這小屋；卻太綣戀這小屋。」
「恕我把主人的壁鏡擊破了
因為我心上有過多的裂痕。」
呵！呵！
煙波藍，咖啡香濃
主人復饗我以新熟的櫻桃
古盤白底藍邊
櫻桃精光滾圓

可欣喜的色彩呵！閃耀著生命的驕傲
一粒，裹著她的驕傲滾落在小紫色的檯布上；
孤獨地拉長灰色的身影
寂寞該不屬於她的吧？
我本想拾她置驕傲的頂尖
呵！呵！
驀然我悟到我是這粒櫻桃

原刊於《藍星週刊》第一二四期，一九五六年十一月十六日

聖火與冰壘

夠久遠了，命運的逆浪苦我；
我不瞭解，也太多引用這簡單的音符。
翡翠的年歲，原該載歌載笑的，
連連斟飲人生的苦酒；我已失去學歌學笑的本能，
二十世紀匱乏歡笑的年代。
珍饈美酒助長持劍者的猖亂，
糠稗蕨薇喂養不屈的靈魂。

匈牙利人的血流在匈牙利人的土地上，
讚美吧！
不被征服的聖火打這兒燒起。
儘管這世紀不讓我活下去，

我仍要捧出熱心溶解世紀的冰壘。

原刊於《藍星週刊》第一二五期，一九五六年十一月二十三日

浣女

一宵冷雨洗淨漫天的塵沙，
初陽抹柳梢兒鵝兒黃，
寒蟬的風笛澀啞了；
疏荷丁零；九月的池塘是孀寂的。
塘邊，藍衣的少女攬青石條兒浣衫，
掄杵震起滿塘的秋聲，
啊！無邊的落葉蕭蕭。
驀地，她停浣沉思；不忍心再揉碎自己的明麗的影子
西風撩起涼波粼粼；
也撩起她波樣的心緒。

原刊於《藍星週刊》第一二八期，一九五六年十二月十四日

沙島

沙島匱乏綠色原素的滋養
春天像貪睡的蟹
夏天像曝晒的魚
秋天像蜷曲的蝦
冬天像復甦的恐龍
島上的冬日多的是虎烈的風和脫離母體跟定風步狂舞的沙石的
啊啊！寂寞，寒苦封鎖了島
島在漫天的風沙中摸索著方位
一隻麻雀在空中倔強的與無邊的風沙搏鬥
不屈的小靈魂喲！
牠的勇敢劃亮我閃耀的思想
天和海是只巨蚌的殼

島是殼裡的沙粒
久歷歲月的磨難
這沙粒有一天會變成放射異彩的明珠。

原刊於《今日新詩》創刊號一九五七年一月一日

審判

鄰婦無動於衷的掐死一條又一條的綠色的昆蟲餵雞
激起我為纖弱的生命不平的震怒
一隻高冠的紅色的公雞伸長了脖子嘎嘎嘎兒的叫了
蠢物！拿昆蟲餵你的也正打量著你的好下刀的驕傲的脖子
至微如螻蟻同保有一份在宇宙間自生自滅的權利
和樂的宇宙自有了懂得吞噬別個的生命肥壯自己的生命的動物才陷於動亂與紛擾
於是，孔夫子捧著治世的熱心說著奔著
耶穌為警示眾生的沉淪才釘上十字架
設若整個宇宙突然間冷凝成化石
那將是最後的也是自己審判自己的日子來到了

原刊於《藍星週刊》第一三四期，一九五七年一月二十五日

良心

十九學書；二十學劍，
跨駿馬追彩虹握得盈把的風沙；
海天、良心、與明月。
我有壯麗的夢，
在黃河灘上成長；
在星輝營火交映的雪原上怒放，
黃河流域的後裔埋骨不埋夢的，
太平洋上；夢有夢的血淚。
多少夜？聽夜潮責我失去我守的美的疆土

扯盡夜幕；裹不住赤裸的羞辱。
故國今年該普降一次彩色的雪吧！

紅色的雪鑴記世紀的悲哀。

原刊於《藍星宜蘭版》第一期，一九五七年一月

冬夜散思

學做蝸牙也暖不了凍醒的夢
蠶蛻了的夢太美太短又亂
斷繭萬縷緒，千回百回理不起夢的殘笑
啊啊！笑在牆角悄悄地結網
窗外，強風率沙石頻攻我未設防的城堡
更何堪那來自屋頂的一聲悽厲地貓叫
同是失落了夢的呵！
下意識地，我想說貓的語言
還是燎枝煙吧！
別驚醒了酣睡的同房

原刊於《今日新詩》第二期，一九五七年二月一日

焚心*

在敵人的虎視下遊樂是走向滅亡最近的路
□笑的□□將被敵人的□笑湮沒
匈牙利人的呻吟該喚醒酣酒酣夢者了
清澈的金魚缸外有銳利的貓爪
少瀏覽一次五光十彩的夜色吧
捫心對星月；將驚覺你走了樣的良心與嘴臉
溫室裡的花朵終究見不到天日的
門外飄落著封塵苟安者的積雪

原刊於《藍星週刊》第一三五期，一九五七年二月八日

*原刊微捲收存狀況不佳，難以辨識，□字表示缺字。

朱莉莎

魅麗的山林誘我服下魔蠱
林裡遂浮著我的狂想如掛星摘星的精靈
——最愚蠢的都象會歌唱了
——保守的玫瑰摺疊起綴著刺的綠裙
妳兼而扮演了放蠱與乘興畋獵的魔女
網我又縱我，終投以厭棄的長矛
苦人的回想是一雙小於腳的鞋子
妳真如此的健忘嗎？
傲翹起下巴，醉心妳滿足了的殘忍？
雙眼搜索太空，探尋另一顆星球上的刺激？
我念妳、恨妳、譽妳又毀妳
咒妳、咒妳、咒妳、

吉卜賽的巫婆、陰狠的阿拉伯女人
不、都不是，路都是瞞著心的氣話
金絲雀、文鳥、白色的康乃馨、還有，
　我所讚美過妳的
歸來吧！朱莉莎

原刊於《藍星宜蘭版》第二期，一九五七年二月

等待

握著手杖的樓，老藤纏戀著灰色的磚瓦，
剝落的欄干，剝落的記憶，
睡了的，饜飽的壁虎太健忘，
沉默的蜘蛛作幾何圖求證流走的年代
封埋不了的傷心的河，漲漲，落落，
強顏的歡笑投不開悒鬱的重鎖，
黑水晶的夜，透映著燈火熠熠，
雨的流蘇遠颺，碎失
啊！妳在哪裡？
昨夜、妳沒到我的夢中來，
病了？在妳的國度裡也有疾病？
唔—唔—是我該死，忘了趕走鄰居的黑貓，

今夜、敞著窗等妳，
雨水吻濕了窗帘，飄來妳的髮香，
妳會來的，妳在路上？
呶！妳的拖鞋，妳的梳子、鏡子、水粉。唇膏；我已拭淨積年的灰塵，再
為我打扮吧！
「羅蜜歐與朱麗葉」在原來的屜子裡，睡前請再為我從「恨灰裡燃起了愛
火」讀起，
我仍會在妳的優美的音律裡入夢的，再用紙捻兒戳我的鼻孔吧！
記住！套上妳的睡褲再上床，這輩子我就怕親近妳的兩條愛俏的冰腿
枕巾是我新買的，妳最最欣賞的紫色的小碎花的圖案
別再把妳的背給我了，我不再在床上抽煙就是了，
衣櫥的鑰匙在這兒，天涼了；多帶些兒禦寒的衣服走
雨衣雨鞋照老習慣放在門右，罩上它；如果妳去時仍落著雨
是妳嗎？推動那窗子？
啐！啐！啐！又是這討人厭的黑貓

錶走的太快太快太快，
是天國的河往地球上搬家嗎？
橋沖斷了？妳不來了？

原刊於《今日新詩》第三期，一九五七年三月一日

春訊*

洗彩布的生活，越過越淡，
沉澱了的生活的彩底，可□想，不可得，
啊啊！拚不攏的雜色的彩圖。
芒果園黃了；綠了。
惱人啊！小雨點散步的黃昏。
半跛拉鞋的；
召不回雀子誘走的醉後的小夢。
花籬外；徐展扇形的湖面，
誰放的把□綠火？
燎傷了寂寥的春心。

原刊於《藍星週刊》第一四一期，一九五七年三月二十二日

*原刊微捲收存狀況不佳，難以辨識，□字表示缺字。

婚宴

我該是最後的客人了；闊步如闖宴的武士，
以翩翩之姿；欣然投入這婚讌、選美、時裝表演的開麥拉的綜合。
美的酒、綻開著含笑的玫瑰；
一朵、兩朵、……。
新夫婦巡迴斟酒敬客，
我以騎士的豪情還以十二杯沉默的祝福；
博得滿堂的彩聲，
彩聲落了；心也落了，
我記起為我的新婚豪飲的人；和妻的失修的護墓的花壇。
宴終，燈幽柔；音樂低迴，
善舞者雙雙起舞；
蝶然如晚風拂過六月的蓮塘，

跳吧！快樂的魚們。
一位十三妹屈尊邀我共舞：
「陌生的騎士；舞該是酒的腳步，」
我攤開手聳聳肩婉謝以：
「我穿著守哀的鞋子，」
當然，她會邀到穿別的鞋子的人的。
我仍是最後的客人；孤獨的撿拾曲終人散的冷落，
驟來的歡鬧太暫短了。
啊啊！路燈醒著，
倦飛的雲朵悄悄地在沉睡著的城市歇落，
我原慣於詩意的疏雨中的夜行的，
今夜，沿路撒落涼濕的哀愁。
楊柳梢綴著的該不是淚吧？！
啟我以人生原不過是一條短的長的顆眠的虛線的續落

原刊於《藍星宜蘭版》第三期，一九五七年三月

紫色的枕巾

來自黑森林的野鳥啄落了滿園的葡萄
葡萄園的女主人呢？
深夜裡，紫蘿蘭悄悄地哭泣
唔唔——我探知了露珠的來路
不該縱容她愛紫色的，說什麼？
於今，於今我也愛上了紫色
紫色的枕巾繡上白色的 Love（愛）原不調和的
她偏巧辯這象徵白頭到老
到老了嗎，白色的 Love 喲！
夜夜，枕著紫色的枕巾和紫色的夢
千百次，夢覺她的黑軟的頭髮重現在紫色的枕巾上
猛撲她的紫色的幻影

低喚她的名字
又一個紫色的夢撲打碎了
啊啊！
紫色的枕巾上結滿了酸澀的葡萄

原刊於《今日新詩》第四期，一九五七年四月一日

最後一班車

再一次離失老友、陳酒、舊事、和醉後的風、月、刀、馬
又該遠航了
多激流的世紀，拋不穩久泊港灣的錨
慣作遊俠式的聚散，我原獨自來；仍願獨自離去
三月的夜路潮濕，末一次親吻我酸軟的腳掌
別了！好心的路，為我的前路挑起了燈
霧泛著夜來，夜更濃了
虎步鏗鏘的，我想起古羅馬出征英雄們的風采
抬起頭，沿路的樓窗深閉著；拋鮮花的少女們呢
快車不暇顧的短站，駐站憲兵、售票員和剪票員為我一個人執行他們的勤務
碎亂的腳步起落，落寞的回響啊！
我是今夜最後穿過天橋的旅人何其走在恁般淒涼的時辰？

不張開兩臂向著天
不止步如勒馬觀望的騎士
走就是走，以駕馭古戰車的快捷跳上最後一班車
如太陽之會不到眾星的光輝，在我走進車廂前所有的星座都隱沒了
列車空廊著，轆轆爬行如飢餓的鱷魚
始而，我歌著，來回走動著；試使這過於清冷的旅程歡鬧些
然，夜玻璃映我以仆仰如喜劇中娛人的丑角的造像
啊啊！終而，跌坐進童話的幻思裡
無休止的往前開吧！
開出地球，開向太空
天文學家將發現一顆拖黑尾巴的彗星
我是這顆星的主人

原刊於《藍星宜蘭版》第四期，一九五七年四月

草與莊稼

這塊地，草高過莊稼
草，優先的吸吮露水，陽光，空氣
　驕傲的挺直脖子
　星月讚美，昆蟲膜拜
莊稼，分食營養的殘餘
　默默地開花，出穗
　草的陰影遮蓋了豐碩的果實
而，颱風來了；我發覺低頭的都是草
收割季
農夫作了最公平的裁判
莊稼，裝車，登場，入倉
草，丟棄在路旁

我走告農夫：
「別忘了草的種子」

原刊於《今日新詩》第五期，一九五七年五月一日

投宿

車動了，別老思念著起站上的人
四月的原野如畫，心像麥田一樣的舒坦了
下午，霏霏池春雨澆甦沉埋下的思念；睫毛什麼時候濕的？
拉起窗帘，思念吧！思念他們的善良的面孔和靈魂……
人影投進燈影裡，夜了
拍拍衣上的煤灰，汗涔涔的手掌握別列車的吊欄
是這城嗎？亮著陌生的燈火的
月台上找不到一隻招向我的手
十字路口腳問路，路太多和沒有路同樣的使人感到迷惘
我赧於問人的，憑仗人類的本能拉開兩腿量直線
哪裡解開我塵撲撲的行囊？

原刊於《藍星週刊》第一五〇期，一九五七年五月二十四日

柳芽

個兒划船怪沒意思
我盼望著一隻水鳥落上船頭
搖櫓的手後酸軟，出了汗
船艙裡樹影婆娑，船好像重了
啊啊！垂岸的柳條兒青了
我舔過，柳芽的味是苦的
　如同我的命運，
　　早晚化作隨風的絮花
載著歌的船近了，遠了
一環環漣漪圍著一雙雙
　笑著的影子笑
誰不是來尋樂子的？！我也笑了笑

被粗心的櫓撲打碎了
再看看，潭上潭下的春裝艷如花
我呵！是春裝中的灰衣人
這潭裡再也撈不起我的歡笑了
上岸買醉去吧！
船孃笑語：
「先生，還不到歸還船的鐘點呢！」

原刊於《藍星宜蘭版》第五期，一九五七年五月

歌手

是週末瘋狂了人？還是人瘋狂了週末？
霓虹燈是彩虹的兒女
繁華的街像七月的河
盡情的說吧笑吧！
燦爛的城是歌劇中的七寶香車
也唱吧！拉起手圍著噴水池跳圓舞
哦哦，我聯想到彩虹在大江上飲水的舊事
　是的，那個黃昏我從崇明島哭出了吳淞口
　回首，回首，回首，美的疆土喲！
於是，良知攔止我走近歡鬧
　我原不是娛人也不是自娛的歌手麼！
少年時，我跟著黃河唱滿江紅

今晨，大海為我伴奏杯酒高歌
我與生俱有火山式的男高音的聲帶
留待吧！留待著攀登額非爾士峰

原刊於《今日新詩》第六期，一九五七年六月一日

六月・雪線

蟬叫了，蟋蟀也叫了
才六月呢！蟋蟀也叫了；是誰錯拍了季節的門環？
才六月呢！蟋蟀也叫了；天河的水也涼了
宇宙倒底衰老了呀！

宇宙倒底衰老了呀！
陸地漠視著，海漠視島
石頭人的瞳子起紫翳了
才六月呢！蟬叫了；蟋蟀也叫了

才六月呢！蟋蟀也叫；天河的水也涼了
螞蟻忙著搬運沙粒；填不平地殼的裂痕

螢火蟲忙著釀造光；照不亮太陽的黑斑
宇宙倒底衰老了呀！

鵓鴣老死在塔尖上，蝙蝠撞歪了十字架
宇宙倒底衰老了呀！

看守鐘樓的老人隨風去了
才六月呢！
蟬叫了；蟋蟀了叫了，天河的水也涼了

原刊於《藍星週刊》第一五七期，一九五七年七月十二日

發音

愛我的聖潔的靈魂
　別只愛我對於你的價值
愛我的高超的人格
　別只愛我可利用的弱點
是你先向我伸出友誼的手
　而友誼不是貿易，也不是掠取
　　友誼的手掌更不該脈動著自私的血
你先摑了我的尊嚴，你的衝動才引起了我的衝動
　你從容的使用衝動
　我本能的反應衝動
你宣判你的手掌是無辜的
　既是無辜的，又何必急忙著縮回去呢？

宗教教育過你「別人打了你的左臉，把你的右臉再伸給他」
　但沒教育過你反施諸別人的身上
友誼的門扭仍握在你的手裡
　你有意關閉它，我無能為力使它再打開
你無意關閉它，我根本沒考慮過有否退還你既交給我的友誼之鑰的必要
我無憂於我的貧窮，貧窮並不就是滅亡
　萬不得已，我尚可噬食我的靈魂，我的良心，我的人格
失火有火首
你我要說話，先要把手掌貼近胸際；摸摸你我發音的部位
你我還要學習
　我學習你的致富的智能
　你學習我的施諸人而不取諸人的道德
　你我共同的學習諒解

原刊於《藍星宜蘭版》第七期，一九五七年七月

呢喃沙沙

夜，像水樣的靠近我；夢又漂失了
風的舞步沙沙
一顆星子提起小燈籠愴惶的尋夢去了
呢喃！老燕召喚飛失的稚子
噹噹！小教堂的鐘聲響了
我孩子似的哭了

原刊於《藍星週刊》第一六三期，一九五七年八月二十三日

花廊

蝴蝶蘭開花的日子，鳥是宇宙的花廊
藍水晶的拱頂投長影於碧綠的海上
海上有白羽的波濤傍著花廊低飛，低飛
哦哦，香的花廊，暖的花廊
有酒有歌也有舞的花廊

金色的甲蟲醉了
長毛的蚇蠖囊了
螞蟻悲涼的醒著
啟明星悲涼的醒著
趕路的彗星看到這些，看到這些

一燕子自花廊穿過
一螳螂自花廊穿過
我也搖著頭自花廊穿過，不回顧，不回顧
我要向落雪的圍場
去餵槽頭上的馬
去修理我的靴子
去磨我的劍

原刊於《藍星週刊》第一六四期，一九五七年八月三十日

詩二首

蒙古人

晚來的雪花涼涼的，亮亮的
升起松火吧！
搭你的帳蓬
餵你的馬
餵你的駱駝
餵你的胃
然後，摘下你的佩劍
然後，修理你的靴子
然後，飲些許葡萄酒
然後，掀讀你的征服沙漠的夢
你是尋昭君的幽怨的琵琶來的？

還是尋蘇武的羊群來的？

給夜郎

有一片小竹林你便驕傲了
在家裡我是七里蘋果園的主人
摘下你眩耀的燈吧！
別笑彎了星星的腰
沙後有石，石後有山，山後有天……
肯定的大在哪裡？

原刊於《今日新詩》第八／九期，一九五七年九月一日

河燈

落日的睫毛倦了
垂下——
　紫的、黑的厚絨的幕……

寂寞了，去數河上的燈
一盞、兩盞，……
第四盞太畫意，也太孤獨
五盞、六盞、第七盞睡了
　睡了，到天河邊洗滌靈魂去了

　地上的河水太混濁了
八盞、九盞，十盞、……

最後一盞點在我的心上
燃煙草，燃酒汁
化成淡淡的煙，化成痛哭的思想
我的燈和流星同航路的

原刊於《藍星週刊》第一六五期，一九五七年九月六日

夢土外

病了，夢不來，雨降下，輕輕的雷響過
隔著窗，向虛無祈求母性的撫慰
虛無說：用右手去摸左手的熱度
重重地，窗幔垂下了

燈亮了，對鏡——蠟的塑像——煙草黃的
悲哀升起了
升自髮的陰影
升自眉的陰影
升自鬍髭的陰影
升自睫毛底下的菱形的雙湖
沛然的，兩條盈盈的河形成了

夜嗎？病了，夢不來

原刊於《藍星週刊》第一六六期，一九五七年九月十三日

彌撒

長城悲涼的偃臥著
忍受混合著羶腥味的酒氣
忍受帶鐵丁的鹿皮靴踐踏它的胸膛
忍受……許多痛苦，許多痛苦
訴諸邊陲的草吧
訴諸風雪，訴諸夢

啊啊，許多痛苦
落日滴血萬里黃沙
馬蹄走進拉薩的寺院
班禪用袈遮住紅潤的眼睛
駱駝脖子下的銅鈴也垂得更低了

「北京人」的頭骨透過盈盈的淚光默讀歷史
世紀的黑唇吹熄了故宮文化的明燭
宮樑上的燕子飛回南方去了
雕花的大理石飽吮了晚冬的清寒
立著，堅貞的宮柱
守住高貴的悲哀

黃河踉蹌的步下巴顏喀喇山
訪故人，故人離去了
訪搖櫓的舟子
　那載著一船爽口的西瓜的
訪推獨輪車的莊稼漢
　那啃著一只熟透的蘋果的
訪飲馬的士卒

那害著濃重的懷鄉症的
訪趕年的村姑
　那裝扮得像春花的
啊啊，許多故人哩

紫色的平原上千萬暮馬悲鳴
雪濤似的羊群奮身如哀兵迎戰呼嘯的流矢
葡萄架跪下祈禱
向日葵繼承了十字架的衣缽
鴿子守著童貞女的屍身哭泣
啊啊，海外正舉行中興大彌撒

給我以鷹的翅膀吧
我欲向太陽交換記憶

太陽照著古生界的植物
照著唐堯先天下而憂的莊嚴的前額
照著虞舜在歷山耕作
照著夏禹無視的走過自己的家門
照著周公濕潤的頭髮
照著孔子蜿蜒的車轍
照著憂憤的汨羅江水
照著屈原萬古的嘆息
照著長城，照著故宮，照著黃河
啊啊，太陽照著太平洋上的今日方舟
給我以鷹的翅膀吧
我欲向太陽交換思想

原刊於《藍星週刊》第一七一期，一九五七年十月十八日

金字塔及其他

金字塔

插銹鈍的劍於沙島的頂巔，我像寂寞的王
天藍藍、山藍藍、海藍藍，春風撫慰我孤獨的和平的藍藍的靈魂。
枕著溫沙，我在想著千年後沙島上的綠的泥土；畫的港和蝶步港上的重穿
起長的拖裙的婦女……
白雲底下，一隻兀鷹攻擊一隻弱小的雀子
你這食肉的惡禽！
凱撒的大軍揚著滾滾時煙塵長逝了
　金字塔仍在
凱旋門虛懸起戰爭的榮耀
　拿破崙未征服嘲笑他的海水

地丁花

夢見地丁花都變作了星星
人類是住在鏡的凹凸面上了
金字塔繫上了鈴噹
亮晶晶的水銀餵飽了藍色的多瑙河
羅馬的小鑿聲丁丁
丁丁，丁丁
地丁花碎了
最後的晚餐散了
威尼斯商人的旅行隊去了
維也納的琴音落了

憂鬱的候鳥

週期性的憂鬱苦我，苦我
冷呵！思想走入了雪地裡的寒林

就這樣，走著走著……
看不到落葉，也沒有尋食的鳥
我找什麼？
我找憂鬱的候鳥啣走的心靈
牠在枯枝上顫慄？
牠在寒風裡呼號？
牠呻吟在冰雪的腳底下？
牠掙扎在冷雲的牙齒間？
歸來！心靈
歸來！心靈
白茫茫的天宇呵！沒有回聲
歸來！歸來！歸來吧！心靈
牠張著受傷的翅膀從枯枝上歸來？
牠吹著憂傷的短笛從寒風裡歸來？
牠披著濕透的黑衫從冰雪底下歸來？

牠駕著轆轆的靈車從冷雲間歸來？
沒有，沒有，都沒有啊！
牠裸著體躺在封凍的小河裡；哭泣如等待著善良的路人的棄嬰
這是六月的窗嗎？一半藍天；一半綠野
我要從這窗口跳出去！

醉在港上

霧，來港上投宿
酒巴，吊著賣醉賣夢的燈
兩個水手扶著另一個水手去了
踉蹌的腳掌拍打著踉蹌的影子
又去擲注於蒼茫的大海嗎？
「朋友，港上的酒等著你們再歸來」

我有飲癟口袋的雅量的

今宵，更斟飲著酒侍的睡意
酒座空廊了，清冷如教堂散去了晚禱
我不孤獨，俯視著我的葛萊哥雷畢克尚未離去
傍海的窗敞著
風來自海上似噙著淚的橫笛
落地的窗帷婆娑起舞了
我想起了霸王與虞姬的最後的晚宴

島上的人施著木屐過去了，過去了
酒侍揉揉惺忪的睡眼，低哼著大江東去
大江，大江，我是從大江上來的
「BOY！再來一杯」
舉起杯，杯停在唇邊久久，久久
我原要遺忘一切的，反倒描濃了一切的輪廓
一隻綠翅的昆蟲被熾熱的燈光燙傷跌落在酒杯裡

唔唔！我找到了我來島上的理由

潮水呼嘯著
漁火翕動著失眠的眼睛
壁上的明星群跳著火辣辣的搖擺樂
天花板傾搖似起著錨的船
我無志於征服海洋呵！
更不願漂泊的更遠了
「BOY！算賬，餘下的錢找回我酒」

啊啊！路燈醉了
按摩女的魔笛吹不散夜廊的寂寞
一顆流星划向我要歸去的方位
我走進了霧裡，露裡，夢裡

原刊於《藍星詩選第二號・天鵝星座》，一九五七年十月二十五日

閏八月

輕撚著藍刺刺的短髭，瀏覽一窗淡鬱的風景
螢火、蛺蝶、彩扇，都斂跡了
閏八月的天涼涼的，秋已重了

向晚，牧歸人吆喝著，昏鴉散了
夜已來了啊，鎖著死亡
今夜有百靈死亡，有薔薇死亡
有比目魚枕著珊瑚作最後的呼息
噹噹，幽沉的鐘聲來自何方？飄向何方？
我想，一個亡靈正向上帝奉獻他的讚美
該奉獻的，上帝解脫了他的血肉的銬鐐

原刊於《藍星週刊》第一七二期，一九五七年十一月一日

雕龍盃

淡忘否?吊在花廳裡的燈盞
失落家譜，失落劍，我是流浪的貴族
流連輝煌的記憶，高貴的憂鬱
攜一只雕龍的酒盃走四方
不飲我亦醉了

斟遲來的幸福在寂寞的盃裡
誰該感激誰?
晚安，寂寞的末亡人
我想，霜花正吻落葉的淡唇

交還我的手杖

交還我的芒鞋
誰該責備誰？
晚安，寂寞的未亡人

雕龍盃也失落了，我是流浪的貴族
戀死了，玫瑰冠猶在
我的痛苦是美麗的
我吻我蒼白的手

原刊於《藍星週刊》第一七三期，一九五七年十一月八日

煙斗邊沿

想起太陽是一個熾熱的發光體
我的血液也沸騰了
無志於指揮群星，做眾星的王
我只是想
只是想，蘸著銀色的思想
在幽藍的星空完成一幅理想的運行圖
還想，授給眾星每星一個永恆的發光的安全的運行的席位；使其各有所歸
依
不再隕落，不再流浪

有人說
你或許是一顆比太陽還要大的彗星吧

我不是彗星
我只是流浪的太久了

原刊於《藍星週刊》第一七五期，一九五七年十一月二十二日

魔瓶

大涼的夜，如墜落深海的魔瓶
　　　　　下沉，下沉……
我想攀扶什麼
　我觸到了一條觳觫的蛇
　　哎呀！又一條觳觫的蛇
我想叫喊什麼
　啊！未嚥下的禁果驟然變大了
　　　　　下沉，下沉……
我被地球吞噬了？
　抑被拋離了地球？
黑色的虛無使我茫然

我用視覺不能證實自我的存在了
那麼，列舉出聽覺、嗅覺、觸覺的感應性
求證自我的存在
求證這世界的存在吧！

因為
因為我聽到了世界的哭泣
因為我嗅到了世界的屍味
因為我觸到了世界的棺釘

所以
所以世界是一些待葬的亂夢
那麼
那麼我是睡在世界的棺槨上了

於是
於是一個乖誕的思想上昇了
上昇
上昇
宇宙外的玄象吸引我
上昇
上昇
浮游
上昇
上昇

宇宙外存在什麼，也不存在什麼
我有知覺，也無知覺
我是魚，同時也是鳥，也可以是
上帝

也可以是山脈，也可以是河流
我召來繁花，也可以召來冰雪
那是？該怎麼說呢？
噢！那是永恆的無羈的靈

唔！地球原是一巨牢
眾星砌成高大的獄牆
太陽掌管牢窗的鑰匙
求生慾是無形的銬鐐
希望是徒刑期間的囚糧
彗星是不定期的巡獄使
月亮又該來聽取眾生的懺悔了

洗滌我們的罪惡吧！
安靜的計算我們的刑期吧！

做一個聖潔的祈禱吧！
核子武器敲不開宇宙的重門

原刊於《藍星週刊》第一七六期，一九五七年十一月二十九日

冷盞

美麗的小浪花款擺著美麗的小白裙
　創始芭蕾舞的靈感該得自海洋
而我，感染上海洋的憂鬱了
也愛懷念了

霧起了
霞滿天
落日完成了輝煌的壁畫
婀娜的蝴蝶帆在晚風裡嫋嫋卸粧

暮色與眉齊了
我為落日主持了英雄式的葬禮

涓涓地河流沖亂了睫毛的陰影
　沖亂了鬍髭的陰影
我想，我是在哭泣了

回身，面對沉默的岩石
我該問它什麼？
它能回答我什麼？

人生是一席不愉快的晚宴
檜柏與珊瑚卻是不食人間的煙火的
我乃素食者，此生淡淡
啊，那頻頻碰唇的冷盞

　　四六、十二、五

原刊於《藍星週刊》第一七九期，一九五七年十二月二十日

羅藍珈與船長

遠洋的捕鯨船竟無消息了
升起最亮的一顆星也召不回那船了
失去一個漂亮的船長
失去一個美麗的捕鯨船的名字
失去一些黑虬虬的鬍鬚
失去一些星閃閃的眼睛
失去一些紅銅銅的膀臂
失去一些毛蝟蝟的胸膛
失去一些含著鹽份的汗滴
失去一些藍煙裊裊的煙斗
失去一些吆喝
　一些喧笑

一些輪機的轟響
一些歌

羅藍珈跪在沙灘上
　用淚水淘洗希望的金粒
　　她是美麗的羅藍珈呀
羅藍珈眼睛裡閃動著海洋的綠色
　海洋的憂鬱
　　她是美麗的羅藍珈呀
羅藍珈心裡有諸多的祈禱
　諸多的祝福
　　她是美麗的羅藍珈呀
羅藍珈呵，夜已來了
　港上的酒巴都打烊了

羅藍珈呵，風雨來了
　沉鬱的春雷也張著閃亮的翅膀來了
羅藍珈呵，妳的髮夾滴著水銹了
羅藍珈呵，妳的花裙也不像一把撐起的小陽傘了

美的死亡來了
向死亡碰杯吧，羅藍珈呵
美的幻象來了
向幻象碰杯吧，羅藍珈呵
那麼，船長該陪著妳去飲一杯熱咖啡了
以後，該回去燃亮聖母像前的明燭了
問問船長，這回該朗誦聖經的哪一章呢

夜已去了
羅藍珈飲下幻象，飲下死亡，永醉了

哦哦，遠洋的捕鯨船竟進港了
那是船旗，那是吊纜，那是魚鏢
那是暖洋洋的陽光躺在濕潤的甲板上
那是海員們的花襯衫
那是船長的白制服

遠洋的捕鯨船竟進港了
海員都野性的擁抱他們的妻子去了
　都野性的舐吮她們面頰上的愉快的熱淚去了
噹噹，小教堂的鐘聲響了
港上的人都奉獻他們的感謝去了

船長的眼睛比海水更深了
回應一聲吧
只一聲，羅藍珈呵

細微的呼息也好，羅藍珈呵

船長飲了許多烈性的酒
船長抱起了羅藍珈的濕挺挺的屍身
船長上船了
船長獨自起錨了
　連他最心愛的狼種狗都趕回港上去了
哎哎，遠洋的捕鯨船又發航了

船長扶著方向盤
　抽抽煙斗
　　看看羅藍珈的臉
　　　羅藍珈呵
船長看看羅藍珈的臉
　　抽抽煙斗

扶著方向盤
羅藍珈呵

船長呼喚著羅藍珈，羅藍珈呵
海燕呼喚著羅藍珈，羅藍珈呵
每一朵美麗的小浪花都呼喚著羅藍珈呵
羅藍珈
羅藍珈
羅藍珈
羅藍珈
羅藍珈
羅藍珈
遠洋的捕鯨船竟無消息了，竟無消息了

原刊於《文星雜誌》第一卷第二期，一九五七年十二月

家譜

家譜裝進戲蛇者的簍子裡去了
吉卜賽族人乃雇我牽馬
脫上雪白的手套牽馬

家譜裝進戲蛇者的簍子裡去了
吉卜賽族人乃雇我問路
用滴血的足趾向黃沙問路

蓬車停了
忘記帶劍，在有草的水湄我是被遺忘的
他們也不教我歌

乃夢巴顏客喇山了
查家譜的原本
我仍是軒轅氏的遺族

原刊於《藍星週刊》第一八一期，一九五八年一月五日

三思

肅立著，我是無冠的檜柏
無絃的豎琴
哪，空氣
哪，微塵
哪，雲層
哪，銀河系
哪，浩瀚的天體
宇宙外的宇宙
都壓在我的肩上
我感到生命的重量了
肅立著，展察細密的掌紋

我是無冠的檜柏
　無絃的豎琴
哪，多瑙河
哪，揚子江
哪，尼羅河
哪，亞馬遜河
哪，密西西北河
哪，很多河流
都養育著芸芸眾生
我要奉獻我的感謝了

肅立著，我是無冠的檜柏
　無絃的豎琴
哪，昆蟲
哪，花草

哪，泥沙
哪，礦苗
哪，前人的遺骸
哪，封埋的城
哪，熊熊的地心火
都等待著蒐集我的鞋印
我找到孔子的車轍了

肅立著，我是無冠的檜柏
無絃的豎琴
別為驕傲聳肩
別為憤怒握拳
別為興奮拿右掌拍擊左掌
別為誘惑走出孔子的車轍

原刊於《藍星週刊》第一八四期，一九五八年一月二十四日

塑像

星子們晚宴上的聖誕糕都燃亮了
快樂的聖誕夜也降臨這不快樂的島上來了
美麗的小雪花們都圍著
　　星子們家裡的壁爐取暖去了
聖誕老人不能駕著雪車挨門分送快樂了
今夕，聖誕樹不快樂
　　襪筒兒不快樂
　　羊欄不快樂
　　馬槽不快樂
　　孩子們不快樂
　　士卒們不快樂

寂寞在廣場上散步
小草們叫喊著冬夕的痛苦，寒冷呀
誰又有熊熊的壁爐取暖呢
這世界，和酒盃握手時才是溫暖的
我坐在老榕樹下苦思一會兒，悲歌一會兒

樹巔，老鴉召喚飛失的稚子
呵，母親
您一定跪在佛燈前用木魚默數著我的歸期
　也坐在幽冷的臥房裡默數您鬢邊的白髮
也撫摸著我穿舊了的衣衫低低的哭泣
母親呵，我仍是一個滴血的士卒
　滴您的高貴的血
　滴您的驕傲的血
母親呵

我滴著血出來，仍滴著血回去
　像一陣紅色的小雨點
　像一頭受了委屈的小山羊
那時吻您的膝蓋的眼淚，不再是您的了
是您兒子的了

一條遲歸的四足蛇爬進墓園裡去了
牠很痛苦，牠的妻被春日用小花轎抬走了
可憐的四足蛇呵，晚安
我的妻埋在江南，江南多雨呵
那裡的雨絲細細的，像妻的低低的哭泣
那裡的柳絲細細的，像妻的柔美的秀髮
那裡的湖水像嵌銀的玻璃墊
那裡的燕子不冷待單身的外方人
清明節，我坐馬車到妻的墓園裡去

久久看不到美麗的小雪花們表演跳傘了
乃懷念黃河兩岸的萬里雪原
我曾虎步雪原仰天長笑過
　也慷慨的滴過血
　也豪暢的飲過酒
　　在銀色的夜裡
　　　和寒林對飲
　　　　和深垂的千帳燈火對飲
哎，這裡是亞熱帶；是小小的島
俠遊的劍和馬早就落了鎖了
哪，美麗的天鵝星座飛倦了
晚安，天鵝
　「晚安，聖誕快樂

你該驕傲，你永遠屬於你自己
你已為你自己豎立起莊嚴的塑像
我願把我自己配飾的寶石嵌在
　你的寬闊的肩上」

鐵立在廣場的中央
我覺得我真是一尊莊嚴的塑像了
我做了一個降福萬物的手勢

原刊於《文學雜誌》第三卷第五期，一九五八年一月

童話

聽完一朵小紅花的故事
我孩子似的哭泣了

大的小紅花沒留給她一雙合腳的鞋子
所以，她紅著臉
所以，她低下頭
所以，她把赤裸的腳埋進了潮濕的泥土裡

所以，她不去草原上的舞會
所以，她孤仃仃地守著幽冷的河灣
所以，她夜夜用露水替星星塑像
所以，她不去敲太陽的門

悄悄地，她長大了，也懂得愛情了
　那煙草味兒的興奮；橄欖汁的痛苦
愛過南來的燕子
愛過到河邊來飲水的小山羊
愛過，哦哦
去了，都去了

一個晴朗的早晨
一個修河灣的工人
於是，河灣的泥土生出了翅膀
於是，河灣的泥土跌碎了翅膀
於是，她把紅著的臉埋進了潮濕的泥土裡
於是，她第一次向
　上帝獻出了她的赤裸的腳

於是，她最後一次向
　上帝獻出了她赤裸的腳
於是，上帝看到了他的裸著腳的女兒
於是，她去了
沒留下小的小紅花
當然也沒留下一雙合腳的鞋子

　我孩子似的哭泣了
　聽完一朵小紅花的故事

原刊於《藍星週刊》第一九五期，一九五八年四月二十日

主日

如卸掉鞍韂的馬，我卸掉了繁重的工作
如飛出樊籠的鳥，我飛出了喧囂的城
生命幽禁久了會感到蒼白，
　給我新鮮的陽光、空氣、水；
　也給我舒展肌肉和感官的寬裕的幅員

城市的濁氣離我遠了
工廠的煤煙離我遠了
詭秘的紅綠燈離我遠了
震裂神經的汽車喇叭離我遠了
辦公桌、上司的面孔、紅嘴、白齒……都離我遠了
呵呵！母親，大地

率性的打滾在草原上
草原上有綠色的昆蟲跳躍；
　有羊群啜飲大地的乳汁
禁不住情感的泛濫啊！瞌上眼邁野狂奔
力盡了，仆伏在泥土裡痛哭
淚盡了，撩小河的水洗滌靈魂的鬱結
小河的水溫溫，紫藻茵茵
這不是白蘆花的季節呀？
　我心泛起生之寒冷

盤旋山巔的蒼鷹召喚我
沿碎石子路拾取山野的寧靜
翠谷幽幽，樵子的斧音丁丁；
山有孤獨的快樂

睡了的森林擁抱著古老的夢
我欲探尋原始人的散淡和無羈
松濤聲引我走入空靈的境界
我願忘去我的來路

原刊於《文星雜誌》第二卷第一期，一九五八年五月

印象

黃昏戴著闊沿草帽
從叢林裡走出來
闊沿草帽的栩栩的影子
飛向青翠的谷底啄靈泉
而銀亮的泉光
遂映見了帽沿上的紅羽毛
而黃昏遂闊然笑了

而大麥們持著矛
像些武士
而碗豆們簪著花朵
像些貴夫人

而黃昏戴著闊沿草帽
像個流浪漢
像個流浪漢替武士們拂拂矛
替貴夫人了釉釉鞾
並且不想奏那短短的笛了

那短短的笛雕了七個孔
一個笛孔住進一尾響尾蛇
那笛音，吹醒過五月的戰爭

不再奏那短短的笛
而黃昏摘下闊沿草帽
騎著飛瀑到海上去了
而黃昏悄悄地潛下深深的海底
去採集希臘沉船上的蒼苔

而銅鐘在召喚走失的黃昏了
而露珠們說
黃昏也未赴他們的晚宴
而那闊沿草帽冷冷地遺落在銀河上

原刊於《藍星週刊》第二〇一期，一九五八年六月六日

百葉窗

貞潔的鴿子說過
太陽是一位薔薇色的童貞女
禁果被摘食了
主賜給她七萬根金針
拒刺不潔的眼睛
更森嚴的護守　祂的禁園
巧舌的鸚鵡也說過
牠也去過禁園
摘食了禁果
從容的輕快的自這枝飛向那枝
或許年代太久了

主也不認真了
何況那鸚鵡又是唱著讚美詩去的呢
可憐那貞潔的鴿子快餓死在鐘樓上了

你這人怎能說這話
主會降罪你的
你終會看到的
鴿子落在　主的袍袖上
鸚鵡繫於棲木變成標本

雷雨來了
主的威嚴的日光逼視著我的畏縮的靈魂
仁慈的　主呵，寬恕我的懷疑

這時多靜穆呀

每一片感恩的小葉的手掌上都捧著一顆聖潔的亮晶晶的心
叢林上，璀煌玲瓏的百葉窗悄然開了
主莊嚴的笑了

原刊於《幼獅文藝》第四三期，一九五八年六月

曲線

聖母的微笑又在我的腦際顯現
可是那些牧羊人一枚金幣也沒有
我也沒有金幣
我要想想自己

昨天，昨天，一條虛線的昨天
我是地平線上移動的一點
久久畫不成圓了
　一道美麗的弧也拋不成
　　我是重壓下的一條曲線
明天，明天，一串霧花的明天
我仍然孤獨地噙著煙斗去看雲

不去聽椰子雨奏那幽幽的琴韻
今天是一片泥沼
小葉子們都比我快樂
小陽傘們在日光裡遊戲

是了，我寒冷，我孤獨，我沒有母親

原刊於《藍星週刊》第二〇四期，一九五八年七月六日

煙波

格子窗幻想著描金的調色碟
輝煌的晚天是畫了
我愛酒，愛一個不點燈的黃昏
　愛短短的煙蒂的藍飄帶
　愛窗前靜靜地小立

寂寞已形成
一朵憂鬱開在眉際
睫毛的醉意彎彎了
紫色的地平線也長長了

原刊於《藍星週刊》第二〇五期，一九五八年七月十三日

默念

上唇章

七月是妳的
妳分給我七月的邊邊
棗子結滿了
我也分得最少

那晚，妳打起簾子說
　放一縷花香進來
放一縷柔柔的夜色進來
我說，別放出妳的笑
妳偏笑了
又用眼睛豐富地罵我

下唇章

雨欲來的下午
我仰望
雲端　尋索一幅畫像
風幽幽地吹著
那是哭泣的前奏

是的，七月已至
七月的雲愛醉
七月的雨無端無緒

是默念的時辰了
摘一枚掌狀葉，托一顆雨珠
說，這是心，這是淚，這是愛
這是渾圓透明的相思

然後，哭一首序曲
哭一段樂章
哭一縷低沉的鐘聲

原刊於《藍星週刊》第二〇六期，一九五八年七月二十日

涅槃

七月，正午，無風，無雲
拜火教的燔司抬著赤道遊行
宣言這世界冷而暗
他們招募販火的人

突地，木乃伊都站起來了
　說：我

啊啊，世界正燃燒，煉獄再現
我亦趕我火焰的路
赴一個莊嚴的涅槃

原刊於《藍星週刊》第二〇七期，一九五八年七月二十七日

後窗

春風叩訪每一個毛細孔
我的鬍髭長了
剃刀的陰影冷冷
靈魂的血盃深深

三月裝飾我的窗了
春雨斟滿透綠的酒花
盈盈的憂鬱呵
這半醒的季節
借不來榴火點春燈

一些點燈的春晚

流蘇們莞爾笑了
笑帳緣上的那對啞巴鳥兒
而那以後的十個春天死了
十個春天睡進十口銅棺裡
十個蒼白的手指繡綵十個春天的寂寞

再也打不開寂寞的後窗
再也打不開寂寞的後窗

聽說修道院也不款留小小的春天的
正如我被睫毛監禁的眸子

原刊於《文星雜誌》第二卷第三期，一九五八年七月

正覺

螞蟻試牠的腿力，地球動了
蜜蜂構建了創世紀的建築
螢火蟲吞下了太陽的靈魂
我在菩提樹下完成了我的正覺
他們說我是一位哲人
我說我是一個宇宙

原刊於《藍星週刊》第二〇八期，一九五八年八月十日

芒鞋

他們過橋去了
他們說我的黑鬚有莊嚴的美
他們說我的笑蒼涼

聽了一下午的水聲
我寂然地坐著
　寂然地想著
　　任墨綠的影子沉向河底
我們乃雲的後裔
雲乃流浪的貴族

想慕阿里山棲留的雲海

雲亦不想流浪了
我亦這樣想著：
　去陪伴廟廊裡的蜘蛛
　　去守候飄落的晚霞

有人過橋來了
　以手杖輕叩著橋木
　　那聲音：暮　近　了
叢林遠山守著那聲音入夢
我守著那聲音沉思

原刊於《藍星週刊》第二〇九期，一九五八年八月十五日

煙蒂

一些煙斗絕食了
甘地也想不透為的什麼

煙蒂睡在羅馬的瓦礫裡
咒詛那些鬥獸的貴族
獄長的鑰匙嘩啦嘩啦的響
一些春天抬走一些死亡

煙蒂睡在邦貝的塵埃裡
唾棄那些掘金的藍鬍子
前人的遺骸在陽光下哭泣
一枚金幣買一個紅頭髮的奴隸

煙蒂睡在巴黎的泥沼裡
訕笑那些蒼白的手指
那些頭髮餓餓得像冬日的草
一勺靈感換不到一勺乳酪

我也深深地納悶著
一些煙斗絕食了

原刊於《藍星週刊》第二一〇期，一九五八年八月二十四日

狂想派畫家

就用十字星
　定定地釘住弧形的天體
畫筆插進黑海裡
一個旋轉的調色球
足夠描摹一朵雲了

可是
　太陽上的黑點不是我的創作
很可能是原子塵的俱樂部
所以有人模仿著耶穌說
　進化到去分解陽光
末日也近了

畫稻草人吧
稻草人比耶穌瘦不了許多
比我的自畫像也瘦不了許多

原刊於《藍星週刊》第二一一期，一九五八年八月二十九日

龍泉劍

雨落過，路亮了
一柄銀劍貫穿都市的胸膛
我從劍刃上走過
一個流血的過客

一個流血的過客
不是出賣影子的人
不是走索的侏儒

不是走索的侏儒
我昂然闊步地從劍刃上走過
震起了劍音錚錚

震落了劍鞘上的七顆星

震落了劍鞘上的七顆星
那是七顆墮落的靈魂
他們怕面對自己的影子
雨落過，路亮了

原刊於《文星雜誌》第二卷第四期，一九五八年八月

飲冰室

飲於午，飲一皿北極的縮形
乃有白血球滑長程的雪橇
乃有壘壘冰山向我的胃囊重重地落
乃有企鵝隱於我的髮際
乃有霜花裝飾我的肺葉

原刊於《聯合報·聯合副刊》，一九五八年九月一日

杜倫很憂鬱

椰子樹眉睫裡棲著很多火鳥
一些新原始人在火焰裡遊戲
撒一把像鎳幣一樣的小雨點兒吧
四方城正燃燒，杜倫很憂鬱

下午他們去看非洲來的獅子跳火圈
吞火的小丑訕笑他們也跳不出燃燒的赤道
那些燃燒的眼睛像守著煉金爐一樣地守著這世界
礦苗們哭泣著，杜倫很憂鬱

夜已來了呵，酒店的玻璃門旋轉著
一些灰翳子的水手在酒店裡抓亂他們的頭髮

一些流浪的幽靈捧著頭骨來乞酒
夜已來了呵，杜倫很憂鬱

原刊於《聯合報・聯合副刊》，一九五八年九月二十九日

蓓蕾

彩羽的啄木鳥又來叩我的心扉了
若你的舌尖真能舔去那深蟄的小蟲
我願我的心像五月的蓓蕾
　抖落露水，迎著朝陽躍然綻放
怕你，是蜜蜂借了啄木鳥的面具來的
只為呷取我殘留的生命的甜汁

我不是稻草人
　神經是一些無機的纖維
陶醉布穀鳥的歌
驚喜眼底的金黃

我是從葡萄園走出來的
　那是五月不是七月
合上眼，睫毛都是芒刺了
啊，那小小的悸痛

原刊於《文星雜誌》第三卷第一期，一九五八年十一月

汨羅江

天壇望著白茫茫的雪哭泣了
有心事的也陪著天壇去哭泣吧！
雨花台望著白茫茫的雪哭泣了
有心事的也陪著雨花台去哭泣吧！
於是，鴨綠江作歷史的哭泣
於是，蘆溝橋作歷史的哭泣
於是，孟良崮作歷史的哭泣
於是，很多嘆息；很多淚
於是，很多淚；很多嘆息
於是，都哭泣了
於是，江南、江南、江南
於是，江北、江北、江北

我們笑了，很短，很莊嚴

原刊於《藍星詩頁》創刊號，一九五八年十二月十日

杜倫的靈魂

杜倫的靈魂很蒼白，很空虛
像塵封的病室一樣的蒼白，一樣的空虛

我勸杜倫到林間去散步
讓那些翠綠的葉子投影於靈魂的百葉窗
在雪白的窗幃上組合成華貴的圖案

我勸杜倫去看海
摘幾幅壯闊的海景掛在靈魂的深處
讓那些金碧輝煌的波濤永不休止地澎湃著

我勸杜倫讀一些偉人傳記

把那些偉人的銅像陳列在靈魂的壁爐前
讓熊熊的火光照亮那些莊嚴的前額

我勸杜倫欣賞一些優美的音樂
小提琴的旋律將像一位白衣的護士
悄然地走進杜倫的靈魂
她的腳步很輕，很軟
就這樣走一走
杜倫的靈魂便像是一座瑰麗的花園了

杜倫說，還有啄木鳥在窗外蹶著

原刊於《聯合報．聯合副刊》，一九五九年一月十七日

扇面

門與窗都轉動著，美麗的半徑們轉動著
一些象徵的扇面便裝飾了這世界
我們在扇面組合成的圖案上思想
我們在扇面組合成的圖案上散步

每推動一扇窗，便聯想到旭日的光輝
每推動一扇門，便聯想到虹的顯現
便聯想到這兩幅大扇面也裝飾了藍晶晶的虛無

往往我自我的窗口伸出我的手，探進虛無的窗口
感覺它的溫暖
往往我自我的門檻伸出我的足，探進虛無的拱門

感覺它的靜穆
往往我肅立於扇面組合的圖案上閉目沉思
讓純淨的靈魂在藍晶晶的虛無中昇華

原刊於《文星雜誌》第三卷第三期，一九五九年一月

短詩兩則

棋譜

陽光射向路
樹影射向路
路乃顯現它美麗的紋身
頓悟著自己亦然是一名紋身的走索者
走於蟒蛇的脊背
而且飲酒

頓悟著迷亂的棋局，流失的遠方
在遠方，啄木鳥啄疼一些美麗的年輪

流蘇

就這樣
坐了一個早晨
想了一個早晨
守著露珠們昇華
感覺它們在攀登陽光時那種美麗的躍動
以及那種古典的跫音

以及水晶質的流蘇自花蕊升起
自葉尖升起

原刊於《文學雜誌》第五卷第五期，一九五九年一月

木屋

往往這樣設想
我是一個老音樂家的獨生子
住在一間小木屋中

在冬日的夜晚
諦聽著雪花的羽音
讀著自己愛讀的書

讀倦了，就把燈吹滅
靜靜地躺在床上
凝視著小窗格嵌起的一方方雪光

以及鄰床
父親頭上的耀閃的白髮
以及亡母的遺容
在雪光與髮光的交映中顯現

這時的世界
將靜止於一種神明之境
我就在這靜止中恬然睡去
夢著父親在夢中把我托在他的掌上

明天將有美麗的太陽昇自雪原
父親將噙著煙斗
把麥子撒在雪地上
餵那些美麗的鴿子

我將圍著藍圍巾到湖上去
湖上已完成一種美麗的結晶
像銅鏡那麼古典，雕著雲的影
雕著樹的影，雕著我的影

陽光射向湖面，復自湖面昇起
啊，湖頓然亮了
我的眼睛頓然亮了

中午十二點，將有融雪自屋簷垂下
垂下美麗的水晶簾
垂下古典的水音，父親說
有水音可聽，便用不著拉琴了

黃昏來時，一切復歸於沉寂

父親一面撥著炭火，一面飲酒
小木屋中便充溢著芬芳的酒香

那時，我想伸手去取琴
父親用手勢阻止我，並說
有雪音可聽，便用不著拉琴了
是的，小木屋的窗上正撲動著雪花的羽音

夜仍然要來呵
明天將有美麗的太陽昇自雪原
我將圍著藍圍巾到湖上去

原刊於香港《中國學生周報》第三四四期，一九五九年二月二十日

潛力

常常在夜晚
常常一個人
常常沿著鐵路散步

常常傾聽著鞋丁擊響枕木
常常思索著鞋丁與枕木之間有火星迸射
一股神奇的潛力乃自膝際昇起

鐵軌常常忍受一段重量，常常引伸兩條倔強的平行線
我是第三條，第三條火的印烙

列車常常觸及空氣的存在

一種躍然的存在，且有密度
且有撼力，常常考驗平衡感

力的三角已構成
一如我的倔強
一如我尚站著

原刊於《藍星詩頁》第四期，一九五九年三月十日

漿菓

栩栩的想像力已萎頓
　　　　在一個多角而花邊的下午
龐然的地殼已釀成牛排色的菓漿
　　　　在三度空間裡發酵
鞋子們遭遇到強烈的黏著力以後
便喟嘆著
　　　　不是在麥田裡放風箏的年代了
即使你已被這種罕有的混沌所激怒
　　以至想用手掌去擊碎一些什麼

而空氣亦有其韌度
　　以反彈力震麻你的骨骼
　以至想把湯匙送進嘴裡都不可能
以至老太陽也把兩條腿插進菓漿裡
站在地平線那邊發軟

原刊於《藍星詩頁》第七期，一九五九年六月十日

冰期

杜倫已怒不可遏，如火之烈，如荼之毒
荷爾蒙乃攻擊扁桃腺
臼齒乃發音作戰笳聲

狼煙起矣，杜倫已怒不可遏
乃伸手探向虛無
　自虛無的頭顱挖出水火二星
亦如殘暴的印第安紋身戰士
　自仇人的頭顱挖出仇人的眼睛
乃想像得出沛然沛然的血腥之雨
以及震駭的虛無是怎樣的顫抖

以及大風起矣
　　　黃沙旋轉
以及大水淼淼
　　　　　恐龍出現
　　　　　　冰期出現
以及杜倫已怒不可遏
　乃焚燒摘自碑碣的語錄
　　乃焚燒修辭學
　　　乃焚燒偽飾的傳記
這時代，活人已再難忍受死人的監禁
　青年人已再難受老年人的監禁
這年代，蛇藏於杯底的年代

桃木劍低吟的年代
走馬燈昏眩的年代
這年代，杜倫已怒不可遏，乃站在方場上叱吒群星
夜已來了呵，可憐的門神猶站在北方

原刊於香港《中國學生周報》第三六一期，一九五九年六月十九日

稻穗

稻子熟了
一片金浪在陽光下湧動
頓覺著，我的眼睛明亮，我的思維明亮
頓覺著，盈盈的淚光包容並表現著生命的豐美

啊，一次無名的激動
　一次無名的感謝

思念中，父親的白髮亦自金浪間歷歷顯現
一個輝煌的配比完成
一幕莊嚴的悲劇完成

因為雪原早已退隱，升自
父親煙斗上的煙氳亦已縹緲

稻子熟了，
當我們肯定其中的一粒種子
並孕以泥土的聯想
一個新的定義便已產生

原刊於《文星雜誌》第四卷第二期，一九五九年六月

印象

那印象，映著血跡
在兇禽剝啄士卒的頭顱以前
　　秋之野
　有戰事

後來，太陽愴然落下
棋局便已迷亂
我們便生存在殘暴的血齒間

後來，便常常自問，往哪兒去？
那麼，擲銀幣肯定方位
人像在上，去推酒店的門

文字在上，去推另一家酒店的門
那印象，映著血跡
在我們死去以前
　傾力擲向夜空
一如花式的煙火
而升騰，而爆裂，而消散
而後，生命便已老去
　　印象便已老去

如果靈魂不滅
一個近似零的存在
我想隱進一粒露裡

原刊於《文學雜誌》第六卷第四期，一九五九年六月

近作兩首

葉子戲

致向明

讀《藍星詩頁》第七期向明的〈不等式〉並重讀我的〈漿菓〉有感而作

我們是兩個點，兩個冷靜的點
常常，你拋一個拋物線過來，我又把它拋回去
這之間，兩個莊嚴的靈魂被戲謔著
是的，被戲謔著，常常在他們修補布景之後

我們也希冀過，這一次不再承受盔甲的重量
不再向風車挑戰，不再虐待道具
等那把膺劍斬斷了我們的視覺
這世界仍是一片可笑的空茫，啊，難忍的空茫

你說過，屬於我們的彼方是虛無，是零，是零之單純
我說過，龐然的地殼正在三度空間裡發酵
當你是鏡子時，我照見生命的不等式
當我是鏡子時，你照見世間罕有的混沌

今天我終於把那條拋物線修正成半徑
你是圓心時，我圍著你旋轉
我是圓心時，你圍著我旋轉
我們也是動物，我們也要打磨昨天的銹

圓心

午夜，零時一秒，從火焰中醒來
忙著去搖落一棵樹上的露水
而且瞑想著，瞑想著一尾盲魚
　怎樣在無邊的黑水裡泅泳

怎樣站在一個無窮大的
　零的中央，幽幽地哭泣

瞑想著，瞑想著西半球的沸動
在海水浴場上
他們會不會想到
東方有一個人
淒涼地站在一棵樹下
想著一些與夾心麵包無關的問題

午夜，零時一秒，從火焰中醒來
忙著去搖落一棵樹上的露水
忙著用黑色的觸角
　去測量一個無窮大的零的半徑

原刊於《藍星詩頁》第八期，一九五九年七月十日

血廊

告訴你，現在我正坐在一棵樹下
　正想著，如何能使我的血液流進葉子的脈絡裡去
　　對血球們說，這將是一段愉快的旅程。
它們將循著美麗的年輪上升，將瘋狂地叫喊著
啊，多迷人啊，多富戲劇性的旋轉啊。
然後，它們將升至翠綠的葉尖觀照浩渺的太空
　將相互警告著
　　我們已進入一個單純，寧靜，和樂的原始世界
　　　我們不要再回到那個人的血管裡去。
告訴你，現在我正想著
　如何能使這棵樹的血液流進我的血管裡來

讓它看到血淋淋的人生正在血廊下展覽
讓它也體受到生為一個動物是多麼的不幸。

原刊於《文學雜誌》第六卷第六期，一九五九年八月

椶櫚葉

他們說我生野
乃飲酒，飲一胴體混沌
像一個銅器時代的酋長
去蒐集恐龍的鱗甲
去雕鏤美麗的圖騰

乃呼嘯，金羽的音波迷失於同溫層
乃瞑思，紫藤蘿忙著自眉際向髮際纏繞

半淚雕像已完成
隱隱地，兩杖銅丁釘入我的手掌
椶櫚葉舉起我的影子

原刊於香港《中國學生周報》第三七三期，一九五九年九月十一日

三稜鏡

在雨光中
　我摹擬著雕像的立姿
　　試圖去推動
　　　橫亙於天地之間的沉悶。
空濛裡，閃光亮過，雷音響過
　預示著，另一個世界即將在我的掌外顯現。
同其時，我想
　另一個世界，另一個人
　　亦將幻見我們這個世界的幻境。

及至虹之影被激流沖亂
同溫層亦粉粉碎落

我驚見鏡中的我依然完整。

原刊於《藍星詩頁》第一一期，一九五九年十月十日

第六面

雨後，街景浮沉著
馬路上倒映著燈的負數
　人的負數，車輛的負數
　　建築物的負數，夜空的負數。
早已被遺置於既知的
　上方　以及東南西北
　　四方的距離之間。
今晚才發現
　屬於下方的距離
　　同樣的空泛
同樣的不可測。
因之，眸光已凝定，已寂滅，已感到風化作用。

原刊於《藍星詩頁》第一四期，一九六〇年一月十日

渾天儀

面對碩然的影子，自己的影子
　頓然湧現扮演武士的
　　那些年代，幻滅的年代。
是的，幻滅的年代
　浮泅於現代諸印象之間的靈魂
　　乃在血與淚的匯合點愴然沉沒
　　　愴然潛進一個悲劇的低潮。
也面對這個現代，渾天儀刈亂行星系統的這個現代
　眸光因畸形建築的圍困
　　而激盪著，因眾不規則曲線的纏繞
　　　而脈動著，因霧已

升起。因影子木然
因時空木然。

原刊於《藍星詩頁》第一五期，一九六〇年二月十日

蛻變——從上尉到商人

在北回歸線以北
　你們也已感知我的哭泣
　　我的淚向兩極瀰漫。
在北回歸線以南
　我在商品之間結網
　　我在油漬的紙幣底下蛻變。
因之，我已毀於變形的畫風
　因之，我是一個孳孳為利的商人
　　因之，明天亦然可哭泣。
若果水晶質的靈魂亦混同齏粉標價而售
若果玻璃櫥窗以內亦局定一個國度，一個世界，一個宇宙則我在天鷹星座與風化作用搏鬥以前，已自雪線飄然隱去。
若果玻璃櫥窗以外是台北，若果是冰河岸上的城市
　你們定在爐邊談及我，談及我的企望，企望推醒冰山撞醒火山。
也企望幽默感綻放黑花，綻放在威尼斯商人的帳篷間
也企望古幣復活，復活以後好跟著耶穌去贖舊約。

原刊於《文學雜誌》第七卷第六期，一九六〇年二月

黑皮書

夜靜得往樓梯上摔都摔不出聲音來
我坐著，在荒涼的床上，預測著黑沙漠地帶的風暴。
我的靈魂也坐著，在一朵黑花的中央
美得出奇，恐怖得出奇，沉痛得出奇。

這真是夜，真是無際的黑淵
血流湧上退下，終而繞著循環系統作盲目航行
燈塔，燈塔在黑森林裡吊著。

黑寡婦用她的黑手帕把我的眼睛蒙了又蒙
把我的靈魂包了又包，使我忘卻露珠的千面印象
使我死心塌地的滋潤一朵黑花，滋潤她的黑唇。

黑天鵝用牠的黑啄啄我，啄滅窗外的星光
我想，我該寫一部黑皮書，印燙金的字。

原刊於《藍星詩頁》第一九期，一九六〇年六月十日

書

不做工作的下午，我在山上
　在森林裡，在世界的冥想中。
樹蔭激現圖案的印象
　雕深了我的眼睛。

上午落過雨，枝葉間猶回應著遠了的雨音。
我卸下靈魂浸入積水洗擦之際
　驀地照見
世界的慌亂狀態
　彌留狀態。
這時的世界，像一櫥圖書在我的面前伊呀打開
我不知該如何去讀它們。

原刊於《藍星詩頁》第二〇期，一九六〇年七月十日

恆河

冬季過後，自忖著
今年要多儲留一些陽光
買郵票的人自忖著
送鮮牛奶的人自忖著
忙於指揮交通的人自忖著。
整個上午，我坐在馬路的右邊，等車似的坐著
陽光自密集的建築物與樹木之間沛然垂下，垂下金潺瀑的水音
我也自忖著，今年是要多儲留一些陽光。

整個下午，我坐在馬路的右邊，等車似的坐著
陽光已結滿攤販們的的布篷，已結滿公園的鐵柵欄
已結滿車與車間的距離，已結滿市民們的視覺。

整個下午，我坐在馬路的右邊，等車似的坐著
放學的孩子們帶著一束束陽光回去
散步的僧侶們帶著一束束陽光回去
演習的士卒們帶著一束束陽光回去。

整個夜晚，我坐在馬路的右邊，等車似的坐著
陣雨激現另一個世界，也激起陽光的芬芳
整個夜晚，我坐在恆河的右邊，等船似的坐著。

原刊於《文學雜誌》第八卷第五期，一九六〇年七月

第六感

兩條馬路
交於一點。

在這點上
一次絞刑，草草了結。
交通警正用力地擠著崗亭的眼睛
詫異著，崗亭在被絞之日
為什麼不肯為最後的自己流一次淚？
為什麼不肯為最後所看到的世界流一次淚？
那些慌張的
　　煩燥的
　　　　迷亂的

多可惜，以後我再也找不出頭髮裡的稻花了。
說像一把銀梳子綰在大地的金髮上還差不多
以後我們再也不用割稻子了
只要用它梳一梳
就可以梳滿我們的倉了。

三哥搶著說
懶ㄚ頭，虧妳想得出
妳怎麼不說像一把銀鍋鏟呢
待會兒幫媽去炒菜
看妳拿不拿得動它。

六妹放下鐮刀要過去捶三哥
父親說，別鬧啦，孩子們
快著割稻子吧。割完稻子

別忘了到河邊割一把草影
帶回去圍牛舍。
使牛們看看就可以飽了
使牛們在黑色的夢境中也不會走失
也不會找不到草吃。

我沒聽父親的話，我在想
那像一枝金筆啊，夠我寫上一輩子的了
國文老師老批評我的作文作不好
他不懂，都是筆不好嘛。
父親問我，你在想什麼
我說，牛多好，不用作作文。

原刊於《幼獅文藝》第七〇期，一九六〇年八月

水曜日

金色的陽光盪向我
綠色的稻浪盪向我
金碧輝煌的水景盪向我啊

我的影，已溶入水景
　浮動　碎亂
沉澱　寂滅
思念間，又像一朵金花似的昇出水面
我的靈魂也昇出水景
　　昇出稻浪
　昇出陽光。
回首時，我的身

我的影，已像一對銀十字架
放在一只水晶盒子裡

原刊於《現代文學》第四期，一九六〇年九月

紅磨坊

電桿木承烙刑
　電刑
　　絞刑於一身
以現代殉難耶穌之姿
站在你的左面
站在你的右面
站在你的前面
站在你的後面
站在你靈魂的黑暗之中，惶悚之中，絕望的嘶喊之中。
祈禱吧，巨厲的陰靈正向南移
移近耶穌的刑場

移近斷頭台
移近紅磨坊。
哭泣吧，霧季介於你與死囚之間，耶穌與紅磨坊之間
你已辨不出什麼，你已記不起什麼，你該哭泣。

也歡樂吧，你不是耶穌
繞過紅磨坊，有醇酒婦人
有更現代化的電桿木，有更感人的霧季。

原刊於《藍星詩頁》第二四期，一九六〇年十一月十日

大流徙

猩紅色的風
起自斑馬線
風向，東南方
風速，四十米。

一輛顛簸的靈車御風而行
向大流徙，向無極，向幻。
同其時，棺木兩側的燈市亦比肩疾退
退入大流徙，退入無極，退入幻。

猩紅色的風
起自斑馬線

風向，東南方
風速，四十米。

原刊於《藍星季刊》第一期，一九六一年六月

近作二題

芳草篇

詩成，投筆沉思，唯吾友杜模足以當之

三間屋下
醜劇正酣
唯你是翩翩濁世佳公子
唯你幻見人間煙境
幻見無邊落木蕭蕭下

哭泣吧
你尚浮沉鮑魚之肆
尚睥睨以思
百足之蟲

死而不僵
十步之內
必有芳草

尚念大地之悠悠
尚闢清室以談玄
子非魚，安知魚之樂

第五街
動力齊聲嘶喊
以急劇的旋轉纏住都市的戰慄
哭泣吧，你已逃不出這戰慄
所有的人都逃不出這戰慄。

在急劇的旋轉之中

酒亦含有動力的屬性
在苦悶的靈魂之中嘶喊
在你的昏眩之中嘶喊。

哭泣吧，酒店以南的街影已傾斜
已浮現另一個都市的映像，且向東疾逝
你的靈魂在其中
動力的嘶喊在其中。

原刊於《藍星季刊》第四期，一九六二年十一月

天馬

斯須九重真龍出
一洗萬古凡馬空
從天鵝星座
到天琴星座
從天鷹星座
到獅子星座
構成一多角而富古典美的幾何圖形
天馬自其間一閃而過
帶著一種風範，一種威儀，一種不可言狀的神韻
那是唐朝
那是圓桌武士時代
那是一多角而富古典美的幾何圖形

從獅子星座
到天鷹星座
從天琴星座
到天鵝星座

原刊於《幼獅文藝》第一四六期，一九六六年二月

半流質的太陽

星期六去看海，成為我同情存在主義的唯一理由
因此，你也同情我的獨來獨往，介於遊俠與牧師間的雙重氣質
在我，存在乃湮入蒼茫的哲境，星光閃動，你在其中。

不同的星期六，你在不同的方位表現你的存在
我想，存在也是一陣旋轉
形而上的旋轉。

你不喜歡吃魚
我不喜歡魚骨的結構
魚不喜歡我們看海
海不喜歡希臘的沉船

夜已來了啊
透過淚光，你是浮動的珊瑚
透過第六感，我是虛幻的水晶
你說，愛斯基摩人該整理他的雪車了
我也該回八荒之極去餵幼象了。
夜已來了啊，氣溫下降
流星劃空而過。

原刊於《幼獅文藝》第一五六期，一九六六年十二月

血閘

只要醒著，他就感到有一種白色的物體在他面前懸著
　　　　　　　　　　　　　　而且左右擺動著。
把它擊散，它馬上回復原狀　　左右擺動著。
把它拋出去，它馬上回到原來的位置，左右擺動著。
喝酒吧。　　　　喝過酒，他也左右擺動著。
這樣他才取得平衡感，他所看到的一切才是有秩序的。
流血吧。把血流盡，他也是白色的，純粹的白色，高貴的白色
叫你震撼，叫你心疼，叫你流淚的白色。

只要喝過酒，他就站在荒地上看旋風，第三十九號最驃，最突出，
他想，如果他是第三十九號旋風，寧可留在遍植吊人樹的化外之域
也不去落日大道開快車。

這一次流血，他站在血壩上看風雲
看煙火，看霧，看血澤中的船賽。
祈禱吧。落下血閘，他已是純白之鳥
已是星跡，已盲睛中的氤氳。

原刊於《幼獅文藝》第一五八期，一九六七年二月

那天

那天他們倆去看我，帶著八隻眼去看我；使我有體無完膚之感。喝蕃石榴汁的時候，我才開始喜歡那八隻眼，那八隻眼滴溜溜地像八粒寶石似的把我的視域裝飾的那麼美，於是我又狂了起來，打算找海明威到非洲去獵豹，把豹皮賣掉，買一座島送給他們，如果莎士比亞買一座島送給羅蜜歐和朱麗葉，貝多芬也不想學琴了。

原刊於《創作》第五九期，一九六七年六月

血芒札記

反磁場運動方向
虛無之羽，無所不在
血芒札記，無所不容。
游移的，不成對比的染色體
在高溫下發酵，在絕對是零的光域盲目循環
生命之蠱，無所不在
血芒札記，無所不容

絕對衝不出這四條黑線

鹽或靈魂，無可選擇

原刊於《幼獅文藝》第一七四期，一九六八年六月

霹靂大地

你也走不出青銅製的
泛神色彩很重的鏡台
嬪妃或俳優卸晚妝的鏡台。
因血芒寂滅
蜃樓縹緲
時空如斯
靈與肉如斯。
因石像變位
江水混濁
兩岸向虛無引伸。
霹靂大地
鹽田縱橫

你的血亦結晶似鹽，擴散似鹽。

震央已形成
極光已形成
蟻陣已形成
你的領域已形成。

原刊於《純文學》第四五期，一九七〇年九月

秒擊

秒擊。純機械反應
秒擊。一立方一立方轉變為動能
秒擊。引向涅槃，引向禪
我們必然是獸
必然無姓氏
必然隨秒擊電解
神呵。既給我們空間
就讓碑石等高
就讓秒擊鐳射
就讓我們的靈鑄入青銅
神呵。請顯形象給我們
請停止秒擊的動能

請在西經六度形成風暴

原刊於《現代文學》第四六期，一九七二年三月

天敵

消毒過的
手術器械
拉丁字母似地
排
一
成
排
酒精染污空間
一切靜得可怕
心電圖一陣痙攣

生命黑絹似皺起
消毒過的
手術器械
亂兵似的
撲向一個焦點
此後無變奏，無震幅
靈
與
肉
以等速
切入不同的斷面。
此後行減數分裂
或突變為變色蜥蜴
或突變為隱花植物

原刊於《創世紀》第三一期，一九七二年十二月

酒情突變

鳳兮鳳兮，飢餓帶痙攣
蓋世太保，南山之菊
紅磨坊幽幽地唱著
嗎哪嗎哪，八千子弟出埃及

銅駝銅駝，亞馬遜上游是瀟湘
是玄，是形而上的顫音
六日戰爭拗不過宿命論
芳草芳草，你是黑皮膚的洛神

燈市燈市
香車石舫

狼人藝妓
一隻褲襪裝進了大半個歐洲
秋水秋水，變不成蝴蝶也得活下去

原刊於《藍星季刊》新一號，一九七四年十二月

明枝幽蘭

露光
的
亮度
加強。
妳的眸
美於夢茵
美於珮。
海
岸
線
帶
樣

逸
去。
明枝幽蘭
下站
是
暖暖。
妳的笑
美於扇
美於初蕾。
妳的髮
美於
一束
露光

原刊於《藍星季刊》新二號，一九七五年三月

未知梟豹

對岸是未知
是無始之禪
是無終之寂
是震悚
是悸怖
誰說草色萋萋
一列巨靈肢解
誰說鹿鳴呦呦
一列巨靈星射
對岸是無涯

未知必然兇於梟，烈於豹

必然荒於絕望之目
誰說風馳獵獵
對岸是一手壞牌

原刊於《藍星季刊》新四號，一九七五年九月

流血過客

雨落過，燈亮了
一柄銀劍貫穿都市的胸膛
我從劍刃上走過
一個流血的過客

原刊於《草根》第一七期，一九七六年九月

異數

不明飛行物
繪影繪聲
我們的世界
因第三類接觸
今天合縱
明天連橫

石油又要漲價了
人質問題
僵持不下
我們的世界
因謠諑沸騰

聯合國大廈下沉
海牙法庭下沉

神荼何在
鬱壘何在
我們的世界
因沉迷牌局
輸掉舊約

原刊於《聯合報・聯合副刊》，一九八〇年十二月二十八日

陋巷

這小巷，我每天至少要穿過四次
本來該走馬路，既近便又平坦。
穿過這小巷，要兜很大的一個圈子
而且彎彎曲曲，凹凹凸凸，冷冷清清。
這小巷，有幾棵柳樹，所以我每天至少要穿過四次
雖然不見長安，雖然陶潛不住在這兒

我一直執著地穿過這小巷
妻笑我，女兒笑我，所有的人都笑我。
這小巷，計程車開不進來
兩旁是疏疏落落的老式宅子
一樑一柱，皆乘桴以來

一簷一廊，猶六朝遺風

雨季，我撐著傘穿過這小巷
柳樹也撐著傘，籬下的一蓬野菊也撐著傘。
醉了，我駕著輕舟穿過這小巷
即從巴峽穿巫峽
便下襄陽向洛陽

穿出巫峽，可泊楓橋，可遊蘭亭
穿出這小巷，可聽海潮，可看熱帶魚。
這小巷，季節的變化不怎麼明顯
吃過春酒，寒食一天天近了

原刊於《聯合報·聯合副刊》，一九八一年四月十一日

蜉蝣如是說

修了一半
比較文學，他進入
一樹碧無情的境界
在一場大雪中，以一柄
黑傘，杯葛白色的優勢
雪的，或種族的

・

拿一個博士回去
抵得上一篇秋水嗎

經過那場大雪，他以

潑墨作畫，或振筆揮灑
張顛以降的草書
非鵬，亦神遊萬里
非豹，亦傲嘯山林
・
至於雪
留給皇天后土吧

原刊於《聯合報・聯合副刊》，一九八一年五月二十六日

十四大暑追記

無雲
太陽為所欲為

眾山熔解
陸棲動物
紛
紛
往
水
裡
逃
眾水沸騰

水棲動物
紛
紛
往
陸
上
逃
眾神逍遙
兩棲動物
紛
紛
往
虛
無
逃

太陽為所欲為
無雲

原刊於《聯合報．聯合副刊》，一九八三年十月四日

酒典

想不到，把一生
記入一頁酒典，你說
酒是有靈魂的水
去種竹吧

出塵的，應是
綠楊深處的
那面酒旗

酒旗下面
幾間茅店

茅店旁邊
一曲清流

也是這一酒境
把一生化為
一簇雲
一莖露

把雨，給了荷
把霜，給了菊
把雪，給了梅
把霧，給了
海市
蜃樓

唯酒境無涯，你說
去買船吧

原刊於《創世紀》第六五期，一九八四年十月

近作三題

秋神

種下一畦秋色
晚景便不缺什麼了
誰知秋川有多遠
不回的雨跡最遠
淚最遠

誰知秋露有多重
籬還是要修的
草還是要剪的
等秋實落盡，秋蟲散盡
一切雲煙也無甚可談了

老兵不死

感情再也豐沛不起來
買幾滴塑膠做的淚吧
配以七十春秋的風色霜色
八千里的雨聲濤聲
一言不發
也泣鬼神

今天下雨

下雨一下下了一地的鏡子
雲兒們來照照
鳥兒們來照照
蜻蜓們來照照
大毛二毛阿英阿明

小白小花都來照照
一隻蚱蜢也來照照
笨死了，一下子就

掉進鏡子裡去了
太陽他照得最多了
媽媽都叫吃晚飯了
才拉著鳥兒們雲兒們一路回去
然後是燈兒們來照照
星兒們來照照
下雨一下下了一個狄斯耐樂園

原刊於《藍星詩刊》第二號，一九八五年一月

壽讌拾遺

誰不思鄉
我們的鄉思已成沉疴
在髮茨間由黑轉白
歷歷在目而又

遙不可及

或泰山東麓
或珠江下游
或潼關牧馬
或洞庭湖操舟

遙不可及

蘇堤的柳色如何
棧道的蒼苔如何
戈壁的落日如何
黃花崗的英魂如何

遙不可及

我們的鄉思是煙是霧
是遠去的輕塵
遙不可及而又
歷歷在目
歷歷在目

後記：老長官八十華誕，往賀的客人，幾乎各省籍的都有；觥籌交錯間，南腔北調，各抒鄉愁，我大醉而歸。

原刊於《軍民一家》第一三八期，一九八五年二月

迷你盆景

你們描繪山川之勢
我無動於衷

你們雕塑鳥獸之形
我無動於衷

你們扎牢籠，圍苑囿
我都無動於衷

你們縮我為侏儒
雷霆必繼之以來
瘡痍必繼之以來

洪荒必繼之以來

後記：前些時，公共電視介紹盆景的栽培過程，令人歎為觀止；一般擁有盆景的人，也以能把大自然搬進了客廳而沾沾自喜。不過當九歲的女兒看到用鐵絲纏來纏去，用剪刀修修剪剪，用雕刀挖挖刮刮，脫口說了一句話，發人深省。她說：「這有什麼好，弄得半死不活的。」我們真能把大自然搬進客廳嗎？要搬，連水災、旱災、蟲災、颱風、地震、火山爆發一齊搬。

原刊於《聯合報．聯合副刊》，一九八五年三月十八日

在商言商

・少將經理說・

衝出雲層，好大的城市
積木重疊
蜂巢重疊

遊目市廛，好忙的行色
蟲逐如是
蟻聚如是

飲於花陣，好厚的脂粉
升斗必爭
錙銖必爭

醒在異邦，好早的風雪
借方ＥＴ
貸方幽浮

去他媽的
還我河嶽
還我戰袍

原刊於《藍星詩刊》第四號，一九八五年七月

新作

至情

吾妻在左
吾女在右
在雨中站成山，站成樹
站成一片沼澤

雷，由遠而近

我們全然地沸騰起來
對流起來
凝聚起來

生涯

走過的路
已成齏粉

血混以淚
也黏不起的
齏粉

況 再走是
荒煙 是
斷層 也
真的老了
累了

況

無岸無渡
不山不水
廬結在哪兒
菊種在哪兒
柳插在哪兒

原刊於《藍星詩刊》第五號，一九八五年十月

頭骨的笑

從亂塚裡拾回一顆失名者的頭骨
　用鮮花配飾它
　用彩筆描它成一付微笑的面孔—雪白的牙咬著墨黑的笑

燭光投頭骨以綠冷的陰影
　室內的溫度驟降著
我乃浸沉於創作顫慄中

一位藝術家來看我，他笑我幼稚
　「活人的臉上早就流行這種笑了」
其實，我正是鍛鍊迎受這種笑的寒度。

原刊於《世界論壇報》第八版，一九九七年六月十四日

龍辰

一飛
一潛

一吟
一默

一逍遙
一浮沉

所同者
七十春秋一蝴蝶
方寸之間一菩提

一路看紅葉

原刊於香港《詩雙月刊》第四〇期，一九九八年六月

老樹

年逾七十
止水為鄰
不自覺而成樹了

成樹之美
偶對風雨
亦點綴而如畫了

如畫之美
萬籟俱寂
乃視紅塵為氤氳了

原刊於《藍星詩學》第三期，一九九九年九月

醉翁

飲酒之樂
天地載浮載沉
忘情行雲流水
不知老之將至

琴心猶在
劍膽猶在
何老之有

酡顏而已
賞楓而已
何醉之有

原刊於《藍星詩學》第四期，一九九九年十二月

晚節

偶一聚會
又有老戰友溘然長逝
一如葉落

聚會一次
數一次落葉
數黃河兩岸的千帳燈火
數鏖戰中原的八方風雨
數大小金門的炮聲
數一張張戰士授田憑據
數飄零的遊魂

聚會
聚會
青史之會
丹心之會
落葉下的蒼苔之會
白髮皤皤
胸無塵雜之會

原刊於《藍星詩學》第五期，二〇〇〇年三月

寒蛩

十六七歲 在山東
騎自行車上學
人目為紈袴子弟
紅樓夢中人

六七十歲 在台灣
騎鐵馬上工
人目為環保老阿伯
獨追慕閒雲野鶴
自陶陶然

此生

風裡來
雪裡去
時空交錯
悲歡殊途
風雪歸零

唯零
見證
漫天風雪

原刊於《藍星詩學》第六期，二〇〇〇年六月

征塵

常在夢中戎裝奔馳
黃沙撲面
風雲四起

十九歲從軍
三十二歲解甲
無田可歸
且工
且商
一路白旗
非戰之罪

且挑燈學文
寄食案牘

七十多歲了
猶全副戎裝奔馳夢中
天搖地動
鐵馬冰河

原刊於《藍星詩學》第七期，二〇〇〇年九月

遙夜

且夢且醒
秒針追逐分針
分針追逐時針
時針追逐未知

且醒且醉
與未知對酌
與時針對酌
與分針對酌
與秒針對酌

且醉且夢

秒針婆娑起舞
分針婆娑起舞
時針婆娑起舞
未知婆娑起舞
孤星婆娑起舞

原刊於《藍星詩學》第八期，二〇〇〇年十二月

流光

臨風
臨雨
臨川
與逝水同行
不如把盞臨鏡
吟哦遊太虛
無晝夜
無陰晴
無寒暑
無始終

原刊於《藍星詩學》第九期，二〇〇一年三月

桃符

年年辭歲
處處辭歲
海市蜃樓
你癡我醉
人神交歡
歆歟盛哉

斯人落寞
極目雲煙
回首塵緣未冷
也去喝春酒吧
華燈初上

火樹銀花

原刊於《藍星詩學》第一〇期，二〇〇一年六月

問蝶

何謂生之惑
何謂生之憂
何謂生之患
何謂不繫之舟
問蝶好了

蝶現
紅樓夢也

蝶舞
桃花扇也

蝶隱

逍遙遊也

原刊於《藍星詩學》第一一期，二〇〇一年九月

袍澤

素車白馬
夏至，你我送他
立秋，我送你

你正月生
我八月生
他臘月生
入伍操練，他排頭
你我望塵莫及
他，傻大個兒嘛

打起球來

我當前
你殿後
他居中
近投遠射
有如神助
咱們，鐵三角嘛

吵起架來
他暴跳如雷
你唇槍舌劍
我怒髮沖冠
算啦，一笑泯恩仇嘛

耍起寶來
你嬉笑怒罵皆成文章

我朽木不可雕也
他瘋瘋顛顛大唱蓮花落
咱們，一丘之貉嘛

喝起酒來
他淺嚐即止
你拖泥帶水
我來者不拒
俺，牛飲嘛

上起陣來
我是你的盾
你是他的盔
他是我的甲
咱們，共生死嘛

其逝如龍
其逝如鵬
男兒有淚不輕彈

原刊於《藍星詩學》第一二期，二〇〇一年十二月

蜃樓

你可曾
微醺拾級登樓
神馳塵外
臨窗聽雨
點滴成湖
點滴成淵

你可曾
微醺信步徜徉
不蓑不笠不傘
與雨同行
漸行漸遠

迤邐入畫
與虹同行

原刊於《藍星詩學》第一三期，二〇〇二年三月

盧雉

極聲光形影之幻
極視聽之娛
極生之蠱
極樂
樂透
樂雲夢澤
樂紙鳶土偶
樂醇酒黛眉香車
晨昏顛倒
前仆後繼
飛蛾赴火
其翼翩翩

原刊於《藍星詩學》第一四期，二〇〇二年六月

酒鑑

有此一說
酒是有靈魂的水
酒神
酒仙
酒聖
史不絕書

酒神
與流星雨同醉
酒仙
與出岫雲同醉

酒聖
與漫天風雪同醉

原刊於《藍星詩學》第一五期，二〇〇二年九月

采風

貴賓說
書中自有千鍾粟
主人說
書中自有黃金屋
四座唯唯
鏡說
籬內種菊
籬外插柳
書云
杯酒釋兵權
書云

杯酒屠龍射鵰
盡信書不如無書
鏡云
杯酒踏雪泛舟

街談
多事之秋
巷議
載舟覆舟
眾說紛紜
鏡曰
一醉漱石枕流

原刊於《藍星詩學》第一七期，二〇〇三年三月

觀止

睡蓮之美
當醒則醒
當夢則夢

鳴鶴之潔
擇木而棲
擇泉而飲

渾金之堅
造次必於是
顛沛必於是

糞土之化
流螢點點
芳草離離

原刊於《藍星詩學》第一八期，二〇〇三年六月

哀鴻

少小流離
跌跌撞撞
不辨東西南北
悽悽惶惶
舉目煙塵滾滾
何處是兒家

渾不覺日月蹉跎
飲冰吞炭
賣血賣汗
抵死不賣青衫
披髮行吟

白雲也無家

老來夢遊
步步泥淖
無邊椰風蕉雨
走一程算一程
踉踉蹌蹌
有酒便是家

原刊於《藍星詩學》第一九期，二〇〇三年九月

解脫

你我或賢或愚
一體濁世求生
不定時咯血
不定時盜汗
不定時涕泗滂沱
窮年累月
週而復始
何不一醉解千愁呢

解得了嗎
解得了的

銀河何嘗不然
不定時洩洪
不定時潰岸
不定時龜裂
與你我共生共滅
同歸虛無
不生不滅

原刊於《藍星詩學》第二〇期，二〇〇三年十二月

陶然

君子來訪
訪老兵現身說法
老兵非釋非道非儒
天地悠悠一酒徒
微醺
文韜武略
酩酊
鐵馬金戈

赳赳老兵
捉月摘星
錚錚君子

景行行止

原刊於《藍星詩學》第二一期，二〇〇四年三月

春蠶

哀哀此蠶
吐絲作繭
渾渾噩噩
戰戰兢兢

繭與夢交織
織錦
織繡
織鏡花
織水月
繭浮夢沉
夢浮繭沉

哀哀彼蠶
治絲而棼

原刊於《藍星詩學》第二二期，二〇〇五年十二月

泛觴，外一首

泛美
泛歐
泛非
泛亞
泛常我虞爾詐
滄海泛怪
桑田泛力
八荒泛亂
九皋泛神

神
神荼何在

鬱壘何在
赤道自焚
冰山肢解

生計

其袖未破
其襟未補
其白映雪
胸無宿物

其盌有粥
其盤有蔬
其盃有酒
鼓腹而遊

以禦風雨
以安家室
四壁蕭然
可醉可眠

不納稅
不加油
停放不用愁
善哉其車
無環保之憂

原刊於《藍星詩學》第二三期，二〇〇六年九月

輯二　論述

兩首失敗的新詩

去（四十七）年六月一日參加藍星詩社舉辦的《藍星週刊》二百期慶祝大會，恭聆諸文化界先進對今日新詩許多有建樹性的高見之後，筆者亦曾以「新詩需要批評」為題在大會上抒發一己之見，略謂「新詩批評」的風氣一旦樹立後，既可導引初學者走向正確完美的創作路向；亦可逐漸提高讀者的欣賞水準；使其辨別真、偽、美、醜，使其能領略詩人們所創造的境界。不過，批評者的立場一定要嚴正，不作阿諛的捧場，不作惡意的攻擊，處處以理論為根據，使讀者頷首贊同，使作者心誠悅服，被批評者一定要養成作家應有的氣量和風度，去衡量「批評意見」的是與非，是讀者的事，不是作者的事，一件作品的真正價值，決不會因「捧場的批評」增加分毫，或因「攻擊的批評」減損分毫；能如是，則良好的批評風氣自能樹立，新詩的前途亦賴以光明輝煌。

筆者一直在想寫點批評新詩的文章，以實行筆者在《藍星週刊》二百期慶祝大會上所發抒的意見，最近才決定先拿自己兩首失敗的作品開刀，並不是我不敢去批評別人的作品，而是我考慮到各有各的生活領域，各有各的知識領域，各有各的創作啟示，各有各的創作路向，於其「摸象」式地去批評別人的作品（以前曾寫過兩篇），不若來個「自我解剖」，倒能脫皮見骨，精確地道，這樣對提高讀者的欣賞水準效果或許較大，更可以赤袒地向諸詩友交換創作的經驗，我還要鄭重地說：「把失敗的經驗貢獻給別人與把成功的經驗貢獻給別人有同樣的價值。」或許也可以這樣說：「失敗的經驗就是成功的經驗。」

現在，筆者檢出自己兩篇失敗的作品分別予以「自我解剖」，並於每一篇首冠以標題，提示每一「自我解剖」篇的重點及意義。

創造新的詩活的詩

今夕何夕（刊公論報《藍星週刊》第一一七期）

昨夕銀夕
紈扇化彩蝶凌風逝去

禁不得夜闌露重
旅人的夢冷了
疏雨叩階帶來母親的腳步
頻撩帳的是風？是妻？
我不慣用眼淚洗滌歲月的
今夜枕上涼濕

寫這首詩時，筆者正研讀舊詩詞，受「春風不相識，何事入羅幃」詩句的影響頗深，不錯，詩裡所描述的都是實情實景，但筆者「自剖」出兩個缺點：

一、我太懶了，為了急於要表現自己的情緒，輕巧地襲用了古人的表現手法，懶於動心思去創用更新的表現手法，以致使本詩的內容、句法、字彙都嫌陳舊，都「詞」化了，所以本詩不能算是「新詩」，只能算是介乎「詞」與「新詩」之間的「陰陽人」。

二、我太偏重辭藻的美，忽略了意象的美，如「銀夕」、「紈扇」、「彩蝶」、「夜闌」等等字眼，看起來似乎很美，實際上並不能給人一種鮮美活潑的意象，大不了是一隻紙紮的花籃而已。相反地，看起來並不很美的字眼，卻能創造出鮮美活潑的意象來，如瘂弦〈一九八〇年〉一詩中的：

那也不要在麵包裡夾什麼了
就夾你的笑吧

如張秀亞〈林婕和洛泊之戀〉一詩中的：

我的眼睛是夏季南風吹開的窗子

寫到這裡，我想順便寫一點關於新詩用字造句的意見：

一、我們造句有時喜歡用像什麼，像什麼，顯得太刻板，尤有滯重堆砌之累，我認為非萬不得已最好還是不要用這種方式去造句，唯有能巧妙地去運用名詞和動詞，才能產生出鮮美生動的句子來，如羅暉〈六月〉一詩中的：

六月來啦，頂著紅色的陽傘

「頂著」是動詞，把「六月」人格化了，所以這句詩是活的，如換成：

六月來啦，像紅色的陽傘

「像」是副詞，這樣一換，就變成了死的句子，給人的感受也不同了。

二、有人主張少用抽象名詞，認為抽象名詞不易給人以清晰生動的意象，我認為並不盡然，只要你能獨具匠心，巧妙地去運用抽象名詞，照樣可以產生清晰生動的意象，如瘂弦〈無譜之歌〉一詩中的：

旋轉吧，讓裙子把所有的美學蕩起來

「美學」是抽象名詞，我們還能再找出另外一個更鮮美更生動更適合的字眼來用進這句詩裡嗎？

三、動詞用得好，可以增強名詞的美感，可以增強詩句的詩意，如筆者〈後窗〉一詩中的：

春風叩訪每一個毛細孔

「叩訪」是一個動詞，把「春風」和「毛細孔」都人格化了，「毛細孔」是一個名詞，本身毫無美感（不像蝴蝶、玫瑰等本身帶有美感的名詞），因為「春風」、「叩訪」、「毛細孔」，「毛細孔」便產生出美感，詩句也洋溢著無窮的詩意，如果把「叩訪」換用「吹開」，「毛細孔」便產生不出美感，詩句的詩意也大減了。

總之，字句的活、死、美、醜，不在字句的本身，而在詩人用字造句的技巧上，詩人應努力的不是如何去記一些字彙，而是如何去用一些字彙。

好詩兼具理性與感性

草與莊稼（刊《今日新詩》第五期）

這塊地，草高過莊稼
草，優先的吸吮露水，陽光，空氣
　驕傲的挺直脖子
　星月讚美，昆蟲膜拜
莊稼，分食營養的殘餘
　默默地開花，出穗
　草的陰影遮蓋了豐碩的果實
而，颱風來了，我發覺低頭的都是草
收割季
農夫作了最公平的裁判
莊稼，裝車，登場，入倉
草，丟棄在路旁
我走告農夫：
「別忘了草的種子」

這首詩有四個缺點：

一、命題缺乏美感，引不起讀者閱讀的興趣，命題既欠佳，這首詩已經失敗了一半，詩題是全詩中很重要的一部分，一如我們的儀表風度，一首詩之能否先給讀者一個良好的印象，端賴命題的得不得當，即使一首詩的內容再充實，再精彩，如果命題不得當，便要削減全詩的藝術價值，便使得全詩有不夠完美之感。（僅偏重去美化詩題，不注重內容，亦屬大忌。）

二、本詩企圖以象徵的手法表達一種不平的心理，象徵的手法固然算是成功了，而筆者仍要判決它不是「詩」，只能算是「分行的散文」。藝術所要表現的為「真」、「善」、「美」諸點，於詩尤然。表現「善」靠理性，表現「美」與「真」靠感性，一首真正好的詩，必須兼具理性與感性兩個條件，而本詩太偏重理性，完全忽略了感性，流於枯燥古板的說教。（筆者發現不少「語錄體」的新詩，與筆者犯了同樣的毛病。）

三、本詩的立意雖然很正確，造句也曉暢明白，可是句法太平凡，缺乏創造性，不夠含蓄，無餘味，讀一遍就夠了；一首真正好的詩，不是直接的去說明，而是要靠一種渾然的意境去表現。本詩的句法既然缺乏創造性，當然也產生不出鮮美生動的意象；缺乏鮮美生動的意象，也組合不成渾然的意境；沒有渾然的意境，就不能算是表現；不是表現的作品，就不是詩。

四、本詩的句法既然平淡無奇，而且缺乏感性，所以產生不出情緒的旋律；既缺乏情緒的旋律，更談不上詩的節奏，詩的音樂性，詩的諧和感。

「自我解剖」到這裡為止，諺云：「久病成良醫」，不過筆者尚不敢以「良醫」自居，只能算作一個有經驗的「病夫」。筆者撰寫本文的目的，只想向讀者報告筆者的一些病因病歷，提醒諸詩友預為防範傳染上筆者同樣的毛病，提醒廣大的讀者群哪些是「有病的詩」，哪些是「健康的詩」。

原刊於《藍星詩頁》第二期，一九五九年一月十日

好詩選介：〈夜醉〉

夏菁的詩，根植於自然，成長於自然，皈依於自然，凡讀過他的詩集《噴水池》的讀者，必能同意筆者的這種說法，下面所介紹的，是〈噴水池〉以外的一首：

夜醉／夏菁

酒後，
世界異常零亂；
像一團未理開的網——
不知要投向何處？
際此夜色茫茫。

月亮似半片解醉的檸檬，
浸漬在宇宙的杯中。

這時，世界也異常真；
那些化裝的面具，糁鉛的笑，
以及戲劇性的台詞與動作。
頓使我看透了！
我欲大笑出淚，卻又不忍。

月亮似解醉的檸檬，
浸漬在宇宙的杯中。

算了！不去理會這些，
也不必解醉。今夜，
且活得像一尾漏網之魚；

在水底快活得不出聲。
喝一口，喝一口，
向下沉，向上浮，……。

本詩的感情是超俗的，寫似獨醉，實是獨醒，讀過陶潛的飲酒詩及本詩以後，並證諸筆者自己的飲酒經驗，曾對「酒」與「醉」兩個字的傳統的定義發生疑問：「世事混濁，人皆恆醉，惟飲酒時才算暫醒，醉人者實為功名利祿，與酒何干？」夏菁的詩句，平順自然，不浮誇，不華飾，不刻意求工，不玩弄技巧，娓娓敘來，絲絲入扣，極盡閒遠疏淡之美。

第一段，作者寫出醉後的感覺，似醉似醒的感覺；他把世界的零亂，以「像一團未理開的網」予以具象化，而且這張網在茫茫的夜裡尚不知投向何處，一種空茫之感，令人油然而生。

第二段所表現的是一種必然的生理現象，人在酒醉以後，定需要多量的水或水果，作者把月亮想像成「半片解醉的檸檬」，雖是畫梅，亦能止渴。

第三段，作者已看穿了可笑亦復可悲的虛偽的人生舞台，他想縱聲大笑，卻又不忍刺傷那些表演得正熱烈正認真的演員們的自尊心；不忍驚破他們的黑甜的夢境，同時也顧及他們會說他酒後發狂，此情此景，如在目前。

第五段，作者暫時退出這舞台，不和他們一齊（在網裡）去擁擠，去爭逐，「像一尾漏網的魚」一樣，快活得躲在清涼的水底默不出聲，自由自在地喝喝水，自由自在地沉下，浮上，意態逍遙，令人羨煞。

原刊於《藍星詩頁》第二〇期，一九六〇年七月十日

文人與蟬

蜩螗是蟬的一種。《詩經・大雅・蕩篇》：「如蜩如螗，如沸如羹」；是作者取其鳴聲嘈雜，用來諷諫殷紂王，國事已經到了內外喧騰的地步。

蟪蛄也是蟬的一種。《莊子・逍遙遊篇》：「蟪蛄不知春秋，此小年也」；是作者取其生命短促，見識有限，用作他的哲學道具。

唐・駱賓王的〈在獄詠蟬〉：「露重飛難進，風多響易沉，無人信高潔，誰為表予心？」李商隱的蟬：「本以高難飽，徒勞恨費聲，五更疎欲斷，一樹碧無情」；均取其棲高飲露，用以表達高潔的情操。駱、李二人的才氣都很大，仕途也都坎坷潦倒，一個亡命他鄉，一個寄人籬下；他們藉詠蟬一抒胸中的壘塊，可謂選對了媒體，使兩首詩成為千古絕唱。

宋代詩人楊萬里，也有一首西湖聞蟬：「荔枝葉底暑陰清，已有新蟬一兩聲，荷露柳風餐未飽，怪來學語不分明。」楊詩固然也點出了蟬的特性，固然也有牢騷；但較之駱、李二詩，寫景的成分要多於抒情的成分，愉悅的成分要多於感傷的成分。

進入蒲松齡的世界，蟬自然也是仙物。《聊齋誌異．白于玉篇》：「俄見一青蟬鳴落案間，白（于玉）辭曰：『輿已駕矣，請自此別；如相憶，拂我榻而臥之。』方再欲問，轉瞬間，白小如指，翩然跨蟬背上，嘲哳而飛，杳入雲中。」

郭璞的《爾雅圖贊》，尤獲我心：「蟲之清潔，可貴惟蟬；潛蛻棄穢，飲露恆鮮；萬物皆化，人胡不然。」

原刊於《聯合報．聯合副刊》，一九八一年八月二十四日

現代詩拾零

詩句

有的用口語。與散文無異，而在意象運作、氣氛醞釀、境界構造，及隨之自然產生的節奏、旋律上，一看就是詩，不是散文。好處是，渾然天成，共鳴力強。壞處是，大家都會寫，但不一定寫得出來；若才氣、功力不足以推陳出新，極易流於平庸、乏味，甚至油腔滑調。例：

一九八〇年（摘錄）／瘂弦

你說畫片兒有什麼好看，
我們不就住在畫片裡嗎？
我卻辯駁著說：

那也不要在麵包裡夾什麼了，
就夾你的笑吧！

有的用詩的語言。經淘選，濃縮，變易口語或混以文言而成。好處是，詩句本身詩意已濃，稍事安排，即成佳構。壞處是，與口語有距離，共鳴力受阻礙；若才氣、功力不足以拉近差距，極易流於艱澀或矯飾。例：

不題（摘錄）／敻虹

從盼企中走出
請上階石，踏著叮咚音符
有顏彩以繽紛來，有江海以澎湃來
我的神，請上階石
豪華的寂寞，在你之後

有的斷置。視節奏、旋律、效果的需要，把一句斷置二行以上。例：

電視（摘錄）／非馬

一個手指頭
輕輕便能關掉的
世界

都市．方形的存在（摘錄）／羅門

眼睛從車裡
　方形的窗
　　看出去
立即被高樓一排排
　　　方形的窗
　　　　看回來

有的疊置。視節奏、旋律、效果的需要，把二句以上疊置一行。例：

石室之死亡・五一（摘錄）／洛夫

猶未認出那隻手是誰，門便隱隱推開
我閃身躍入你的瞳，飲其中之黑
你是根，也是果，集千歲的堅實於一心

有的倒裝。視節奏、旋律、效果的需要，把句子倒裝。例：

阿富羅底之死（摘錄）／紀弦

這就是二十世紀，我們的

石室之死亡（摘錄）／洛夫

穩穩抓住了世界的下墜

錯誤（摘錄）／鄭愁予

恰若青石的街道向晚

有的重複。視節奏、旋律、效果的需要，把一句重複二次以上。例：

我是忙碌的（摘錄）／楊喚

我是忙碌的
我是忙碌的

我忙於搖醒火把
我忙於雕塑自己

風景No.2／林亨泰

防風林　的
外邊　還有
防風林　的

外邊　還有
防風林　的
外邊　還有

然而海　以及波的羅列
然而海　以及波的羅列

有的用夾句。例：

歸鄉（摘錄）／沙穗

我摟著我的妻子燕姬
我們是在逃難
逃現實的難
　（燕姬摟著小廣
　　小廣摟著一個奶瓶）

右例等於戲劇中的旁白，或影片中的特寫鏡頭。直接寫進本文，顯得繁瑣。不寫進出，又表達未盡。兩全之計，乃求之於夾句。

少年遊（摘錄）／夏菁

哥倫比亞的石級上
有胡適、蔣夢麟
年輕的腳印。
（唐三藏的腳印。）
他們留下半世紀的空白
誰是第三人？

右例乃雷霆萬鈞的潛意識強迫介入。寫進正文，有悖情理。不寫進去，又揮之不去；而且全詩頓顯得中繼無力，意味索然。將之植為夾句，既接納了其參與性，亦揭示出其獨立性。

死神打後窗走過（摘錄）／蓉子

明日她的棺木將從我們旁走過
（就像她平日走過我門邊）
假若她活著我未曾避其襤褸
則此刻又何需掛桃符以避其鬼魂？！

右例藉強調相反的事實，濃化戲劇性。略去（），戲劇性就薄弱了。

抒情傳統（摘錄）／黃維君

岑寂的夜
唯雨聲道破岑寂
我們隱約聽見
（燭火點燃的心情吧？）
詩人憤怒的聲音越過大洋

右例乃靈魂深處的獨白。人皆有此經驗，即腦比手快，所寫的很難把所想的完全表達出來。靈感來時，思潮如湧，能轉化為文字的，顯著的數波而已；游離不去的，一如聲樂的伴唱；雖非主角，亦不可或缺，乃以夾句處置之。

意象

單純之美。把焦點集中在單純的意象上，增強感染力。不過，若才氣、功力不足以寓無限於有限，極易流於單調或空洞。例：

我家的燈／喬林

左邊一排燈，亮著一排人家
右邊一排燈，亮著一排人家
我走在街上

我家的燈
也在我望得太久
而模糊了的眼睛裡
亮著

在我模糊了的眼睛裡
亮著

繁複之美。把眾多意象冶於一爐，鑄出一嶄新的意象。不過，若才氣、功力不足以執簡馭繁，極易流於蕪雜或堆砌。例：

一碟兒詩話（摘錄）／鄭愁予

風起六朝，
沙揚大唐，
宋秩一卷雲和月，

明清兩京清明雨……

右例僅四句二十二個字，就囊括了風、沙、雲、月、雨、南京、北京、六朝、唐、宋、明、清、清明十三個名詞，意象可謂繁矣。時間上，歷六朝至清末一千六百餘年，可謂長矣。空間上，集南京、西安、洛陽、開封、杭州、北京六個名城，可謂廣矣。而讀來秩序井然，清新可喜；此無他，作者將之調為一碟兒詩話耳。所謂詩話，六朝，風而已；唐，沙而已；宋，雲和月而已；明、清，雨而已，皆詩之素材也。

常則之美。依共知的經驗法則，可放之四海，傳乎萬世。不過，若才氣、功力不足以另創新意，極易流於人云亦云，味同嚼蠟。例：

夢裡的四月（摘錄）／蓉子

翠茂的園子
圍繞著這座肅穆的教堂
如海水簇擁著燈柱

變則之美。突破共知的經驗法則，不按牌理出牌。好處是，愛怎樣寫，就怎樣寫；產生的美學效果是直覺的，強銳的；出人意表，目不暇給的。壞處是，太自由了，若才氣、功力不足以從混沌中建立秩序，矛盾中求取和諧，荒誕中顯示知性；極易流於信口開河，不知所云。例：

倫敦（摘錄）／瘂弦

想這時費茲洛方場上
一盞煤汽燈正忍受黑夜
乞丐在廊下，星星在天外
菊在窗口，劍在古代

右例是原作的第二段，後兩行到了第六段又重現一次，可見作者對此二行亦頗自得。

觀荷／朵思

陽光正鏤刻這都市的肌膚
山水走出畫，畫走出風聲
我支頤，獨坐
靜待荷花自綠葉上面走出來
禪

颱風夜（摘錄）／朱陵

風的牙齒
咬著夜
說
吃掉你

右例風和夜都是無生命的，作者予以生物化了；都是無知覺的，予以動物化了；都是無理性的，予以人格化了。風和夜有何相干？作者予以戲劇化了。風，來勢洶洶。夜，以靜制動。誰強？誰弱？誰勝？誰負？此即寓無限於有限，荒誕中顯示知性也。

行段

識別之需要。一看就是詩，不是散文。也有例外，散文詩不分行，仍不失其為詩。

表現之需要。

增強節奏、旋律及對比效果。例：

上樓・下樓（摘錄）／向明

每天走完一段路，兩隻腳
便忙著上樓，或急著下樓

上樓看老闆的慍色，或老妻的菜色

下樓看多變的天色，或行人的急色

右例若不分行、段，節奏、旋律及效果就減弱了。

每天走完一段路，兩隻腳便忙著上樓，或急著下樓。上樓看老闆的慍色，或老妻的菜色。下樓看多變的天色，或行人的急色。

增強動感。例：

港灣／蕭蕭

決意守住寂寞的港灣
看喧嘩的浪潮
寂寞地

回去

右例若不分行、段，動感就減弱了。

決意守住寂寞的港灣，看喧嘩的浪潮寂寞地回去。

增強質感。例：

兩幀圖象（摘錄）／胡品清

紅日依山盡：一幀圖象
一幀令人目眩的圖象
令人傷感的圖象
令人不安的圖象
令人震悸的圖象

右例若不分行，質感就減弱了。

紅日依山盡：一幀圖象；一幀令人目眩的圖象，令人傷感的圖象，令人不安的圖象，令人震悸的圖象。

增強活力、感染力。視神經的運作，讀散文，是規律的；讀現代詩，則是長短不定，跳動頻繁的。由於此一轉化，作品的機能為之靈活起來，感染力為之強銳起來；所欲表現的潛意識，亦為之躍然紙上了。不過，這須含有詩素的散文，始收轉化之功；若詩素闕如，則不必多此一舉；分來分去，散文還是散文。例：

蚊帳／孟東籬

每次把這有紅方格條紋的白棉紗蚊帳掛起，在六十燭的溫柔燈光下，就不期然的生著一種感謝、喜歡、溫馨，覺得一個人為什麼竟能有這麼好的地方睡覺呢？

而這一頂蚊帳，總是發散著一股甜香，清清的甜香。

右例若分行、段，就完全脫胎換骨了。

每次把這
有紅方格條紋的
白棉紗蚊帳
掛起
在六十燭的
溫柔燈光下
就不期然的
生著一種
感謝
喜歡
溫馨

覺得一個人

為什麼竟能有
這麼好的地方
睡覺呢

而這一頂蚊帳
總是發散著
一股甜香，清清的
甜香

造型

現代詩視表現的需要，決定造型。
一般造型。視表現的需要，單純地分行、段。
特殊造型。
空間距離美。一如書法之有飛白，國畫之有餘白，音樂之有休止。例：

苦楝樹（摘錄）／向明

四野無人啊！
掌聲總是
越
飛
越
遠
的
雁陣

右例活現了雁陣由近而遠的形象、動態。由多而寡，由強而弱的掌聲，遂亦清晰可聞。若以一般造型排列，效果就減弱了。

四野無人啊！

掌聲總是越飛越遠的雁陣

詩畫合一美。蘇東坡說王維詩中有畫，畫中有詩；詩畫尚是各自獨立的，尚有主客之分。現代詩人有造型的自由，嘗試把二者合而為一，已有了出色的表現。例：

根（摘錄）／洛夫

非莖
非葉
非花
非果實
之能如此安於孤寂安於埋沒安於永世的卑微

右例藉揮灑文字及視神經，傳神地畫出一條掙扎著向地層深處伸展的根。

階梯序列美。

接續未盡的語意，兼顧個別動態的獨立性及次序性，同時加快節奏感。例：

微悟——為一個賭徒而寫／林泠

在你的胸臆，蒙的卡羅的夜啊
我愛的那人正烤著火

他拾來的松枝不夠燃燒，蒙的卡羅的夜
　他要去了我的髮
　　我的脊骨……

右例藉縮短視神經上下運作的距離，使焦點集中，節奏加快。若以一般造型排列，效果就減弱了。

他拾來的松枝不夠燃燒，蒙的卡羅的夜
他要去了我的髮

我的脊骨……

疏導長句的壅塞感。例：

進入週末的眼睛（摘錄）／羅門

夜便沿著垂直的禮拜六
　投下霓虹燈的彩色照明彈
　　在瞳孔明麗的方場上

右例是一個修飾詞繁複但不可分的單一動作，藉階梯型排列疏導其壅塞感，復不損及其完整性。

若以一般造形排列，則不能明顯地表示出其為一個單一動作。

夜便沿著垂直的禮拜六
投下霓虹燈的彩色照明彈

在瞳孔明麗的方場上

若依文法，應該寫作一句，則失之壅塞。

夜便沿著垂直的禮拜六投下霓虹燈的彩色照明彈在瞳孔明麗的方場上。

重複修飾一個主語，使其形象鮮明，姿態生動，寓意深刻。例：

秋之魔笛（摘錄）／吳望堯

但遊蕩的秋雲，漸漸濃似畫家的潑墨，
沉重如鉛塊，馱不起格外圓大的秋月，
在神奇的魔笛聲中，墜落如片片黑色的樹葉

右例主語是雲，以秋、潑墨、鉛塊、黑色的樹葉修飾其形象，以遊蕩、漸濃、馱不起、墜落修飾其動態。

石筍序列美。一般造型均呈鐘乳石狀；此一造型則反之，呈石筍狀。例：

膜拜（摘錄）／方莘

我匍匐
膜拜
你是一尊直挺挺冷冰冰的石柱
你是一個渾然無關的存在
我是一株堇草
我是一朵含苞的鬱金香
我是一隻瀕死的鳥雀

右例把叩拜者匍匐在地，受拜者高高在上的形象、舉止，摹擬得唯妙唯肖。不過，若非基於表現的需要，亦襲用此一造型，則風馬牛矣。

參差錯落美。取他藝術之長，或音樂，或繪畫，或雕塑，或建築，或舞蹈；奇兵突出，各擅勝場。例：

豹（摘錄）／辛鬱
不知為什麼的
蹲著　一匹豹
　　蒼穹默默
　花樹寂寂
曠野
消　失

右例取國畫的餘白，音樂的休止，逼出一片蒼茫。

鷺鷥／季紅
在日沒後

仍未歸去的一隻
鷺鷥。
在不清楚了的空中
　在深處的一個
　　招喚。

猶之一個意志
在不寧的，未之分明的
　回憶中
（一種煩倦）。

右例集繪畫、雕塑、音樂、舞蹈之長，活現一隻鷺鷥；一俯一仰之悠悠。

塵緣（摘錄）／陳義芝

萬盞燈火依舊是喝采的掌聲
此
起
彼
落
慢慢地送你・遠・去・・

右例取歌劇，謝幕，音符之升降，芭蕾之翩躚，書法之飛白；一段塵緣，遂為之形而上了。

手法

直敘。照實直說。例：

人在天馬塚口（摘錄）／菩提

十里楊柳
綿綿的鋪成一條慶州路
行行復行行，三百六十公里

比擬。以甲比乙。例：

深巷（摘錄）／朱陵

深巷像一條長長的
喉嚨

象徵。以具象顯示抽象。例：

秋／林亨泰

雞，
縮著一腳在思索著。
而又紅透了雞冠。

所以，
秋已深了……

聯想。因此思彼。例：

鐘與鏡／朱陵

鐘與鏡放在一塊
就像
流光與容顏
放在一塊
等待

誰
吃
掉
誰

暗示。把不宜直接寫出來的，借另一種方式寫。例：

垂滅的星／楊喚

輕輕地，我想輕輕地
用一把銀色的裁紙刀
割斷那像藍色的河流的靜脈，
讓那憂鬱和哀愁
憤怒地泛濫起來。

對著一顆垂滅的星，
我忘記了爬在臉上的淚。

原刊於《藍星詩刊》第四號，一九八五年七月

附錄

阮囊作品出處一覽

《藍星週刊》

騎士夢	第一〇七期一九五六年七月六日
我是黃河的兒子	第一〇八期一九五六年七月十三日
河上	第一〇九期一九五六年七月二十日
禁果	第一一〇期一九五六年七月三十日
星夜	第一一三期一九五六年八月十七日
我不是畫裡人	第一一五期一九五六年八月三十一日
守望	第一一六期一九五六年九月七日
今夕何夕	第一一七期一九五六年九月十四日
獻給老友聲	第一二〇期一九五六年十月五日
押給海的水手	第一二二期一九五六年十月十九日
櫻桃	第一二四期一九五六年十一月十六日
聖火與冰壘	第一二五期一九五六年十一月二十三日

浣女	第一二八期一九五六年十二月十四日
審判	第一三四期一九五七年一月二十五日
焚心	第一三五期一九五七年二月八日
春訊	第一四一期一九五七年三月二十二日
投宿	第一五〇期一九五七年五月二十四日
六月・雪線	第一五七期一九五七年七月十二日
呢喃沙沙	第一六三期一九五七年八月二十三日
花郎	第一六四期一九五七年八月三十日
河燈	第一六五期一九五七年九月六日
夢土外	第一六六期一九五七年九月十三日
彌撒	第一七一期一九五七年十月十八日
閏八月	第一七二期一九五七年十一月一日
雕龍盃	第一七三期一九五七年十一月八日
煙斗邊沿	第一七五期一九五七年十一月二十二日
魔瓶	第一七六期一九五七年十一月二十九日
冷盞	第一七九期一九五七年十二月二十日
家譜	第一八一期一九五八年一月五日

三思	第一八四期一九五八年一月二十四日
童話	第一九五期一九五八年四月二十日
印象	第二〇一期一九五八年六月六日
曲線	第二〇四期一九五八年七月六日
煙波	第二〇五期一九五八年七月十三日
默念：上唇章．下唇章	第二〇六期一九五八年七月二十日
涅槃	第二〇七期一九五八年七月二十七日
正覺	第二〇八期一九五八年八月十日
芒鞋	第二〇九期一九五八年八月十五日
煙蒂	第二一〇期一九五八年八月二十四日
狂想派畫家	第二一一期一九五八年八月二十九日

《藍星宜蘭版》

良心	第一期一九五七年一月
朱莉莎	第二期一九五七年二月
婚宴	第三期一九五七年三月
最後一班車	第四期一九五七年四月
柳芽	第五期一九五七年五月

發音	第七期 一九五七年七月
《藍星詩選第二號：天鵝星座》	
金字塔及其他：金字塔，地丁花，憂鬱的候鳥，醉在港上	一九五七年十月二十五日
《藍星詩頁》	
和杜倫散步	創刊號 一九五八年十二月十日
兩首失敗的新詩	第二期 一九五九年一月十日
潛力	第四期 一九五九年三月十日
漿菓	第七期 一九五九年六月十日
近作兩首：葉子戲，圓心	第八期 一九五九年七月十日
三稜鏡	第一一期 一九五九年十月十日
第六面	第一四期 一九六〇年一月十日
渾天儀	第一五期 一九六〇年二月十日
黑皮書	第一九期 一九六〇年六月十日
[書]；好詩選介：〈夜醉〉	第二〇期 一九六〇年七月十日
第六感	第二一期 一九六〇年八月十日

紅磨坊　第二四期一九六〇年十一月十日

《藍星季刊》

大流徒　第一期一九六一年六月

近作二題：芳草篇，第五街　第四期一九六二年十一月

酒情突變　新一號一九七四年十二月

明枝幽蘭　新二號一九七五年三月

未知梟豹　新四號一九七五年九月

《藍星詩刊》

近作三題：秋神，老兵不死，
　今天下雨　第二號一九八五年一月

在商言商，壽讌拾遺；現代詩拾零　第四號一九八五年七月

新作：至情，生涯　第五號一九八五年十月

杜倫很憂鬱　第三二號一九九二年七月

《藍星詩學》

老樹　第三期一九九九年九月

醉翁　第四期一九九九年十二月

晚節　第五期二〇〇〇年三月
寒蛩　第五期二〇〇〇年六月
征塵　第七期二〇〇〇年九月
遙夜　第八期二〇〇〇年十二月
流光　第九期二〇〇一年三月
阮囊詩鈔：塑像，頭骨的笑，龍泉劍，三稜鏡，黑皮書，潛力，紅磨坊，沙島，後窗，狂想派畫家，芒鞋，煙波，印象，童話；桃符　第一〇期二〇〇一年六月
問蝶　第一一期二〇〇一年九月
袍澤　第一二期二〇〇一年十二月
蜃樓　第一三期二〇〇二年三月
盧雉　第一四期二〇〇二年六月
酒鑑　第一五期二〇〇二年九月
采風　第一七期二〇〇三年三月
觀止　第一八期二〇〇三年六月
哀鴻　第一九期二〇〇三年九月

解脫　第二〇期二〇〇三年十二月
陶然　第二一期二〇〇四年三月
春蠶　第二二期二〇〇五年十二月
泛觴，外一首生計　第二三期二〇〇六年九月

《今日新詩》

沙島　第一期一九五七年一月一日
冬夜散思　第二期一九五七年二月一日
等待　第三期一九五七年三月一日
紫色的枕巾　第四期一九五七年四月一日
草與莊稼　第五期一九五七年五月一日
歌手　第六期一九五七年六月一日
詩二首：蒙古人，給夜郎　第八／九期一九五七年九月一日

《文星雜誌》

羅藍珈與船長　第一卷第二期一九五七年十二月
主日　第二卷第一期一九五八年五月
後窗　第二卷第三期一九五八年七月

龍泉劍 第二卷第四期一九五八年八月
蓓蕾 第三卷第一期一九五八年十一月
扇面 第三卷第三期一九五九年一月
稻穗 第四卷第二期一九五九年六月

《文學雜誌》

塑像 第三卷第五期一九五八年一月
短詩兩則：棋譜，流蘇 第五卷第五期一九五九年一月
印象 第六卷第四期一九五九年六月
血廊 第六卷第六期一九五九年八月
蛻變——從上尉到商人 第七卷第六期一九六〇年二月
恆河 第八卷第五期一九六〇年七月

《幼獅文藝》

百葉窗 第四三期一九五八年六月
田園交響曲 第七〇期一九六〇年八月
木屋 第一四二期一九六五年十月
天馬 第一四六期一九六六年二月

半流質的太陽	第一五五期一九六六年十一月
八荒	第一五六期一九六六年十二月
血鬧	第一五八期一九六七年二月
血芒扎記	第一七四期一九六八年六月

《聯合報・聯合副刊》

飲冰室	一九五八年九月一日
杜倫很憂鬱	一九五八年九月二十九日
杜倫的靈魂	一九五九年一月十七日
異數	一九八〇年十二月二十八日
陋巷	一九八一年四月十一日
蜉蝣如是說	一九八一年五月二十六日
文人與蟬	一九八一年八月二十四日
十四大暑追記	一九八三年十月四日
迷你盆景	一九八五年三月十八日

香港《中國學生周報》

汨羅江	第三三三期一九五八年十二月五日

木屋　第三四四期一九五九年二月二十日

冰期　第三六一期一九五九年六月十九日

椶櫚葉　第三七三期一九五九年九月十一日

《現代文學》

水曜日　第四期一九六〇年九月

櫻桃　第四〇期一九七〇年三月

秒擊　第四六期一九七二年三月

《蕉風》

印象　第一六三期一九六六年五月

《創作》

那天　第五八期一九六七年六月

《純文學》

霹靂大地　第四五期一九七〇年九月

《創世紀》

天敵　第三一期一九七二年十二月

酒典　第六五期一九八四年十月

迷你盆景　第六八期一九八六年九月

《草根》

流血過客　第一七期一九七六年九月

《軍民一家》

壽謎拾遺　第一三八期一九八五年二月

《世界論壇報》

最後一班車，頭骨的笑　第八版一九九七年六月十四日

香港《詩雙月刊》

龍辰　第四〇期一九九八年六月一日

《中國現代文學大系第一輯：詩》，巨人出版社，一九七二年一月

收錄：血鬧，扇面，霹靂大地，血芒札記，稻穗，木屋，潛力，蛻變——從上尉到商人，第六面，半流質的太陽

《六十年詩歌選》，正中書局，一九七三年四月

收錄：潛力，扇面，八荒，半流質的太陽，稻穗，木屋

《當代中國新文學大系：詩》，天視出版公司，一九八〇年四月

收錄：秒擊，未知梟豹，酒情突變，明枝幽蘭，天敵，三稜鏡，八荒

《抒情傳統——聯副三十年文學大系．詩卷一》，聯合報社，一九八二年六月

收錄：異數，陋巷，蜉蝣如是說

《感風吟月多少事——現代百家詩選》，爾雅出版社，一九八二年九月

收錄：天敵，渾天儀

《星空無限藍——藍星詩選》，九歌出版社，一九八六年六月

收錄：最後一班車，秒擊，蜉蝣如是說，酒典，秋神，老兵不死，迷你盆景，壽讌拾遺，至情，生涯

《半流質的太陽——幼獅文藝四十年大系．新詩卷》，幼獅文化公司，一九九四年三月

收錄：百葉窗，木屋，半流質的太陽

《現代百家詩選．新編》，爾雅出版社，二〇〇三年六月、二〇〇九年五月（增訂最新版）

收錄：天敵，渾天儀

《小詩．床頭書》，爾雅出版社，二〇〇七年三月

收錄：老兵不死

阮囊作品評論目錄

覃子豪　評介新詩得獎佳作六篇——六、阮囊及其〈最後一班車〉《今日新詩》第七期，一九五七年七月；後收錄於《覃子豪全集》II，一九六五年；《藍星詩學》第十期，二〇〇一年六月

張漢良　論台灣的具體詩（引述阮囊〈天敵〉做為例證）《創世紀》第三十七期，一九七四年七月；後收錄於張漢良著《現代詩論衡》，台北：幼獅文化公司，一九七七年六月

林崑成　暫不再揮彩筆的——現代詩人阮囊林崑成著《後山風情》，台東：台東縣立文化中心，一九九四年六月；後收錄於台東後山文化工作協會編《文學台東——後山文化工作協會十年紀念專輯》，台東：台東後山文化工作協會，二〇〇三年八月

向　明　遊俠詩人——阮囊《世界論壇報》一九九七年六月十四日第八版

鄭慧如　看守煉金爐的眼睛——阮囊早年詩作初窺

張　健　忠臣．詩人．遊俠．隱士——簡論阮囊
《台灣詩學季刊》第三十五期，二〇〇一年六月；後收錄於鄭慧如著《台灣當代詩的詩藝展示》，台北：書林出版公司，二〇一〇年五月
《藍星詩學》第一〇期，二〇〇一年六月；後收錄於張健著《情與韻：兩岸現代詩集錦》，台北：秀威資訊科技公司，二〇一一年九月

蕭　蕭　阮囊的〈木屋〉導讀
《藍星詩學》第一〇期，二〇〇一年六月

楊雨河　竹林堂詩俠阮囊
《藍星詩學》第一〇期，二〇〇一年六月

向　明　阮囊並不羞澀——被遺忘的「藍星」詩人
《文訊》第三〇〇期，二〇一〇年十月；後收錄於向明著《無邊光景在詩中：向明談詩》，台北：秀威資訊科技公司，二〇一一年十月

向　明　最高覺悟．至高感受
《聯合報．聯合副刊》二〇一四年十一月二十八日第八版；後收錄於向明著《詩的偏見：向明讀詩筆記》，新北：詩藝文出版社，二〇一八年十月

劉正偉　阮囊及其作品析論

劉正偉著《早期藍星詩史》，台北：文史哲出版社，二〇一六年一月
江明樹　尋找阮囊賢拜——兼論其現代詩創作
《有荷》第二〇號，二〇一六年六月
江明樹　阮囊隱遁詩及其他
《吹鼓吹詩論壇》第二五號，二〇一六年六月
向　明　最後一班車——痛悼遊俠詩人阮囊
《文訊》第三九二期，二〇一八年六月；後收錄於向明著《坐進空白：向明寫詩讀詩》，新北：詩藝文出版社，二〇二〇年八月

國家圖書館出版品預行編目(CIP) 資料

蜉蝣如是說 ： 阮囊詩文集/阮囊著. -- 臺北市 ：
文訊雜誌社出版 ； ［新北市］ ： 聯合發行股份有
限公司發行，2021.03
面 ； 公分. --（文訊書系 ； 14）
ISBN 978-986-6102-48-6（平裝）

863.51 110002550

文訊書系14

蜉蝣如是說——阮囊詩文集

著者 阮囊
主編 向明
企畫 封德屏
責任編輯 杜秀卿
校對 吳穎萍 張庭軒 潘楷靜
封面設計 翁翁・不倒翁視覺創意
出版 文訊雜誌社
地 址：100012台北市中正區中山南路11號B2
電 話：02-23433142 傳真：02-23946103
電子信箱：wenhsun.editor@gmail.com
網 址：http://www.wenhsun.com.tw
郵政劃撥：12106756 文訊雜誌社
協力出版 台東縣後山文化工作協會
印刷 松霖彩色印刷有限公司
發行 聯合發行股份有限公司
出版日期 2021年3月
定價 380元
ISBN 978-986-6102-48-6

本書獲財團法人國家文化藝術基金會，台北市文化局，國立台東大學華語文學系，台東市公所，台東縣議會議員林參天補助出版